비룡잠호
秘龍潛虎

오채지 新무협 판타지 소설
FANTASTIC ORIENTAL HEROES

비룡잠호2

오채지 新무협 판타지 소설

초판 1쇄 찍은 날 § 2011년 8월 4일
초판 1쇄 펴낸 날 § 2011년 8월 11일

지은이 § 오채지
펴낸이 § 서경석

편집부장 § 권태완
편집책임 § 주소영
편집 § 박우진 · 어정원

펴낸곳 § 도서출판 청어람
등록번호 § 제1081-1-89호
등록일자 § 1999. 5. 31
어람번호 § 제2-2132호

주소 § 경기도 부천시 원미구 심곡2동 163-2 서경B/D 3F (우) 420-822
전화 § 032-656-4452 팩스 § 032-656-4453
http://www.chungeoram.com
E-mail § chungeoram@chungeoram.com

ⓒ 오채지, 2011

ISBN 978-89-251-2593-0 04810
ISBN 978-89-251-2591-6 (세트)

※ 파본은 구입하신 서점에서 교환하여 드립니다.
※ 저자와 협의하여 인지를 붙이지 않습니다.
※ 이 책은 도서출판 청어람과 저작자의 계약에 의해 출판된 것이므로,
  무단 전재 및 유포 · 공유를 금합니다.

비룡잠호

秘龍潛虎

2

오채지 新무협 판타지 소설

FANTASTIC ORIENTAL HEROES

目次

제1장	그녀를 만나다	7
제2장	죽고 싶소?	29
제3장	지도자의 길	55
제4장	자하부를 움직이는 일곱 개의 손	77
제5장	싸움을 시작하다	103
제6장	장자이의 잔꾀	133
제7장	동행을 만나다	165
제8장	당문의 후예를 만나다	191
제9장	귀도성(鬼都城)	225
제10장	죽은 자들을 만나다	251
제11장	생사대결	275

第一章
그녀를 만나다

비룡잠호
秘龍潛虎

 노룡이라는 말을 듣는 순간 조빙빙이 보인 첫 번째 반응은 경직이었다. 다음은 냉소였다.
 "유명한 이름이군요."
 조빙빙은 살극달이 금검장에서 머물고 있는 노룡과 우연히 같은 이름을 가졌다고 생각하는 것 같았다. 그래서 그녀의 말 속엔 냉소가 스며 있었다. 노룡이라는 이름만 떠올려도 불쾌감이 치솟는 것이다.
 "어느 부족 말이죠? 야합(野合)? 아창(阿昌)? 몽사(蒙舍)?"
 야합, 아창, 몽사는 운남과 귀주 일대에 흩어져 사는 묘족의 명칭이었다.

그녀를 만나다

"제가 묘족처럼 생겼습니까?"

"묘족이 아니어도 묘족 말은 쓸 수 있죠."

살극달은 조빙빙이 왜 이런 질문을 하는지 알고 있었다.

"소금 사막을 달리던 이민족의 말입니다."

"그런데 어떻게 혈귀대주와 동향일 수가 있는 거죠?"

조빙빙이 자미원에서 독고설란을 보필할 사람으로 살극달을 점찍은 것은 그가 간밤에 자객 하나를 잡는 바람에 독고설란이 위기를 모면했다는 것 외에도 혈귀대주와 동향이라는 점이 크게 작용했다. 물론 그것은 살극달의 뒤를 조사하는 과정에서 우연히 밝혀진 일이었다.

"십수 년 전 뿌리를 내릴 곳을 찾아 전 남만을 떠돌고 있었죠. 그러다 식인 풍습이 남아 있는 야합족의 전사들에게 돼지처럼 잡혀가는 초로의 한족을 구해준 일이 있었는데, 그가 마땅히 갈 곳이 없다면 자신을 따라가자고 하더군요. 그를 따라가 보니 안남(安南)과의 국경지대에 있는 작은 광산촌이 나타났고, 거기에 녀석들이 있었습니다."

"녀석들… 이라고요?"

"원일이에게는 두 명의 형이 더 있었죠. 하소추와 하대광이라고."

조빙빙은 살극달에게 남아 있던 마지막 의구심을 거두었다. 혈귀대주가 안남과의 국경지대에 있는 광산촌 출신이며 그에게 하소추와 하대광이라는 두 명의 형이 있었다는 걸 아는 사람은 독고설란과 자신밖에 없었다.

설혹 그걸 아는 사람이 있다고 한들 굳이 그런 과거까지 날조하는 복잡한 과정을 거쳐 자하부에 침투할 이유는 없었다.

"간밤의 일에 대해 달리 아는 게 있나요?"

조빙빙이 화제를 돌렸다.

"무슨 뜻입니까?"

"자미원엔 항상 백여 명의 혈랑대가 상주하고 있어요. 하시만 자색들은 겨우 십여 명이었다고 하더군요. 자객들의 무공이 절정이었다고 해도 일백의 혈랑대를 뚫을 순 없어요."

"동서남북 네 방위에 각각 열 명씩 번을 서고, 육십여 명은 자미원에 대기합니다. 그럴 경우 번초가 교대를 하는 약 일각여의 시간 동안 자미원 심처엔 이십여 명만 남게 되는 빈틈이 존재하죠."

"......?"

"놈들이 하는 얘기를 엿들었습니다."

"교대 시간을 알고 있었군."

혼잣말을 낮게 읊조린 후 조빙빙은 더는 말이 없었다. 살극달 역시 묵묵히 걸었다.

조빙빙을 따라 걸은 지 일각, 살극달을 비롯한 세 사람은 우거진 숲 속에 둥지처럼 자리 잡은 장원과 만날 수 있었다.

아름드리 교목을 우물 정(井) 자로 쌓아올린 목옥을 필두로 원두막 같은 누각 일곱 개가 별자리처럼 자리한 장원이었다.

앞쪽엔 마당과 연못도 있었다.

자미원이다.

북두(北斗)의 하늘에서 가장 밝게 빛나는 별 자미성(紫微星)은 천자(天子)의 거처다. 하지만 거창한 이름과 달리 인세의 자미원은 전혀 그렇지 못했다.

연못과 화원을 품은 마당은 사람의 손이 오랫동안 닿지 않은 듯 잡초가 무성하고, 누각과 본각은 암록의 이끼가 장악한 지 오래였다.

하지만 그런 건 중요하지 않았다.

장자이와 매상옥을 놀라게 한 건 마당 여기저기에 널브러져 있는 혈랑대의 고수 수십 명이었다.

그중엔 낯익은 자도 많았다.

이미 두 차례나 만난 적이 있으니 당연했다.

조빙빙이 살극달 일행을 끌고 나타나자 혈랑대는 벌 떼를 건드린 것처럼 자리에서 일어났다. 낮에 식당에서 있었던 얘기를 들었는지 금방이라도 칼을 뽑아 들 것처럼 분위기가 살벌했다.

조빙빙은 그들 사이를 태연히 가로질러 갔다.

살극달은 한술 더 떠서 주변의 풍광까지 구경했다. 장자이, 매상옥은 언제든 병기를 뽑아 들 수 있도록 손가락을 쥐었다 폈다 하며 조빙빙과 살극달의 뒤를 따랐다.

그러다 마침내 살극달과 조빙빙이 걸음을 멈추었다. 조빙빙은 눈앞의 사내를 뚫어지게 바라보았다.

혈랑대주 표길량이다.

그는 여전히 천추루의 입구 계단에 앉아 있었다. 마치 하늘이 두 쪽 나는 한이 있더라도 이곳을 지키겠다는 것처럼.

표길량이 적당한 무례함으로 도발을 한 후 뒤늦게 몸을 일으켰다. 그러고는 조빙빙을 향해 뜻밖에도 정중하게 포권을 했다.

"기다리고 있었습니다."

"……?"

"이공자께서 말씀하셨습니다. 사공녀를 보필할 사람들이 올 테니 불편함이 없도록 잘 도와주라고요."

"막 사형께 전해. 만에 하나 혈랑대가 이들의 털끝 하나라도 건드리는 날엔 나와도 싸워야 할 것이라고."

"그렇잖아도 그 말씀도 있었습니다."

무슨 뜻인지 몰라 조빙빙이 눈매를 좁혔다.

그 순간 정원 여기저기에 흩어져 있던 혈랑대의 무사들이 일제히 일어나 정원 바깥 연무장으로 이동했다.

연무장과 정원 사이에는 어른 키 높이 정도의 싸리나무 울타리가 있었고, 지대의 높이도 달랐다. 천추루가 있는 정원이 약간 높았던 것인데 그 바람에 혈랑대의 모습이 시야에서 사라져 버렸다.

어느 정도의 사생활이 보장된 것이다.

의아해하는 조빙빙에게 표길량이 말했다.

"이공자께서 말씀하시길, 앞으로는 함부로 정원에 발을 들여놓지 말 것이며, 위급한 경우를 제외하고는 천추루로부터 백 장 이상 떨어져 경계를 서라고 하셨습니다. 그럼."

표길량이 정중한 포권과 함께 정원을 가로질러 수하들이 있는 연무장으로 사라져 갔다.

이건 생각했던 것 이상의 파격적인 조치였다.

하지만 세상에 공짜는 없다.

이 일을 빌미로 막수혼은 조빙빙에게 더 큰 요구를 해올 것이다. 막수혼은 지금 조빙빙에게 손을 내밀고 있었다.

조빙빙은 천천히 돌아서서 살극달을 포함한 세 사람에게 말했다.

"자미원엔 세 가지 규칙이 있어요. 첫째 아무것도 듣지 말 것, 둘째 아무것도 보지 말 것, 셋째 아무것도 말하지 말 것."

눈과 귀가 뚫려 있는데 어찌 듣지 않고 보지 않는단 말인가. 말인즉슨, 보고도 못 본 척, 듣고도 못 들은 척하라는 말이다. 한마디로 자미원에서 일어나는 모든 일에 대해 입을 다물라는 얘기다.

조빙빙은 얼음장같이 차가운 눈으로 세 사람 하나하나와 눈을 맞춘 후 다시 한 번 나직이 경고했다.

"오늘 내가 한 말을 뼛속에 새기는 게 좋을 거예요."

장자이와 매상옥은 뜨뜻미지근한 얼굴이 되었다. 원하지

않는 걸음을 한 터에 협박까지 당했는데 유쾌할 리가 없다. 조빙빙은 품속에서 전낭 하나를 꺼내 매상옥에게 던져 주고는 따라오라는 말을 남긴 후 목옥 안으로 쏙 들어가 버렸다.

"싸가지 없는 년. 지가 오공녀면 자하부에서나 오공녀지 누구더러 뼈에 새기라 마라야."

장자이가 뒤늦게 혼잣말을 하는 사이 매상옥이 전낭을 열고 내용물을 살폈다.

"금원보가 세 개네."

"뭐, 세 개씩이나?"

살극달이 얼른 다가가더니 매상옥과 함께 얼굴을 맞대고 전낭을 살폈다. 그리고 물었다.

"매달 이렇게 준다는 걸까?"

"그렇지 않겠소? 일 년에 이만큼 주는 걸로 생색을 내진 않았을 테니까."

"그렇지?"

"그렇소."

이러고 자빠졌으니 장자이의 꼭지가 돌지 않을 수 없었다. 그녀가 두 사람을 향해 버럭 소리를 질렀다.

"당신들은 자존심도 없어요!"

"어차피 할 거 돈도 챙길 수 있으면 좋지."

살극달은 세 개의 금원보 중 하나를 얼른 품속에 챙겨 넣고는 조빙빙을 따라 목옥 안으로 들어갔다.

매상옥과 장자이가 마지못한 듯 뒤를 따랐다.

목옥 안으로 들어가자 가장 먼저 보인 것은 남북으로 길게 뻗은 탁자였다. 그 탁자를 보는 순간 살극달은 이곳이 뇌정신군의 집무실이었다는 걸 알 수 있었다.

집무실의 한쪽엔 이층으로 향하는 계단이 있었다. 조빙빙이 그 계단으로 오르려는 순간, 서늘한 음성이 들려왔다.

"무슨 짓이야!"

조빙빙이 걸음을 멈췄다.

그녀는 독고설란이 화난 이유를 짐작했다.

독고설란은 자신의 허락 없이 외인을 자미원에 끌어들인 것에 대해 분노하고 있었다.

"이번에 무관을 통해 들어온 사람들이에요. 오성군의 어느 쪽과도 손이 닿지 않은 사람들이죠. 앞으로는 이들이 지내시는 데 불편함이 없도록 도와줄 거예요."

조빙빙이 말했다.

"당장 데려가!"

"그럴 수는 없어요. 앞으로는 필요한 게 있으면 저들을 통해서 해결하세요. 전 이제 사저를 돕지 않을 테니까."

"조빙빙!"

"간밤에 사저를 암살하려는 시도가 있었어요."

"……!"

"다행히 이 사람에게 들켜 미수에 그쳤죠."

조빙빙이 말을 하는 와중에 눈으로 살극달을 가리켰다.

"잊지 마세요. 자하부 안에 사저의 편은 아무도 없어요. 뺨을 때리든 손을 잡든 일단 손부터 내밀어야 하는 거예요. 그게 비록 아랫사람들이라고 할지라도."

"망할 년! 나 혼자서도 얼마든지 싸울 수 있어."

"몰래 익힌 검공 따위로?"

"······!"

"자신있으면 밖으로 나와요. 밖으로 나와서 정정당당하게 싸우란 말이에요. 계집애처럼 숨어서 벌벌 떨지 말고."

"꺼져 버려!"

악다구니와 함께 단단한 물체가 조빙빙을 향해 날아왔다. 언젠가 조빙빙이 선물한 동경이었다.

조빙빙은 가만히 서서 동경을 맞았다.

그녀의 이마에 한 줄기 선혈이 흘러내렸다.

"이 사람은 혈귀대주와 동향이에요."

조빙빙이 왼쪽의 살극달을 다시 한 번 돌아보며 말했다.

좌중이 찬물을 끼얹은 것처럼 조용해졌다.

장자이와 매상옥은 금시초문이라는 듯 살극달을 응시했고, 어딘가에 있을 독고설란은 침묵했다.

조빙빙은 독고설란이 동요하고 있다는 걸 알 수 있었다.

자미원에 새로운 식구가 왔다.

폐쇄적인 독고설란이 이것을 허락할 리가 없었다. 하지만 조빙빙은 억지로 밀어붙였다. 독고설란에게는 이것이 어쩌면 세상 밖으로 나올 수 있는 마지막 기회일지도 모른다는 생각 때문이었다.

살극달이 독고설란을 살해할 위험 따윈 없었다.

누가 뭐래도 그녀는 뇌정신군의 진전을 이은 고수였다. 녹슨 박도를 든 삼류무사 하나쯤 손가락으로도 눌러 죽일 수 있었다.

그러니 걱정할 것은 독고설란이 아니라 그였다. 홧김에 독고설란이 그를 때려죽이지 않기만을 바랄 뿐이었다.

조빙빙은 문을 열고 나섰다.

이러지도 저러지도 못하고 어정쩡하게 서 있던 살극달과 매상옥, 장자이가 차례로 조빙빙을 따라나섰다.

그때 또다시 목소리가 들려왔다.

"당신은 남아!"

딱히 누구를 지칭하지 않았지만 살극달은 그게 자신임을 알 수 있었다.

* * *

"빌어먹을, 누굴 거지로 아나."

장자이가 마당 가운데 쪼그리고 앉아 양손으로 풀을 쥐어뜯으며 중얼거렸다. 하는 모양새를 볼작시면 누군가의 머리카락이라도 쥐어뜯는 듯 과격하기 짝이 없었다. 하지만 정작 그녀의 근처에는 욕먹을 만한 여자가 없었다.

당연한 일이었다.

그녀의 이 욕은 내일까지 정원의 풀을 모두 뽑으라고 지시하고 가버린 조빙빙을 향한 것이었다.

장자이는 엄연히 칼 찬 무림인이었다. 무인이 칼밥을 먹어야지 한낱 촌부들처럼 잡초나 뽑고 있어서야 쓰겠는가.

장자이는 여자답지 않게 침까지 퉤 뱉고는 도둑 생활 십 년 동안 갈고닦은 화끈한 육두문자를 계속해서 쏟아냈다. 그렇게라도 하지 않으면 화병이 날 것 같았다.

참다못한 매상옥이 말했다.

"그쯤 하지."

한때 사람을 잡던 겸(鎌)으로 그는 지금 풀을 베고 있었다. 겸이라는 놈이 원래 촌부의 낫에서 비롯된 무기인지라 그의 이런 모습은 희한하게 어울렸다.

"지금 그년 편드는 거야?"

"욕을 하려면 당사자가 있는 데서 하든지, 아니면 그만해. 같은 여자끼린데 가랑이를 찢어 죽일 년은 좀 그렇지 않아?"

"없으니까 욕을 하지. 있으면 칼을 뽑지 왜 욕을 해?"

"그렇다면 다음번에 분명히 칼을 뽑겠군."

"흥, 뽑으라면 누가 못 뽑을까 봐?"

말을 하면서 장자이가 풀을 왕창 뽑았다.
그래도 성에 차지 않는지 이젠 매상옥을 닦달했다.
"당신은 화가 나지도 않아?"
"난 불만없어."
"그걸 지금 말이라고 해? 이건 하인들이나 할 짓이라고."
"어차피 신분을 숨기고 한 시절 보내는 게 목적 아니었나? 그렇다면 이 생활도 나쁘지 않지. 이래라저래라 잔소리하는 사람도 없고."
"그러다 칼침 맞는 수가 있어. 지금 자하부에서 자미원이 어떤 상황인지 몰라서 그래?"
"어차피 그때까지 있을 것도 아니잖아. 여차하면 내뺄 수도 있는 거고."
"금원보 몇 개에 눈알이 뒤집어졌군."
"자꾸 그렇게 떽떽거리지 말고 싫으면 네 발로 나가면 되잖아. 뭐가 그렇게 복잡해? 안 그럴 거면 조용히 입 닥치고 일이나 하든지."
"해독제 때문에 따라온 거 아냐? 내가 가면 해독제는 물 건너갈 텐데."
"물론 해독제는 주고 가야지."
"내가 순순히 줄 것 같아?"
매상옥은 잠시 주변을 둘러본 후 아무도 없는 것을 확인하고는 장자이를 노려보았다. 그리고 귀신처럼 싸늘한 목소리로 경고했다.

"내가 살수라는 걸 잊지 마라."

"그래서 날 죽이기라도 하겠다?"

"살극달이 나오는 즉시 해독제를 줘야 할 거야. 그때까지도 내 손바닥 위에 해독제가 없다면 넌 내 손에 죽는다. 도망갈 생각은 않는 게 좋을 거야. 내가 네년의 일거수일투족을 낱낱이 지켜보고 있으니까."

지금까지의 굼뜨고 멍청한 뚱보는 없고 기광이 번뜩이는 살수가 그곳에 앉아 있었다. 돌변한 매상옥의 기세에 장자이는 솜털이 곤두서는 것 같았다.

하지만 경공이라면 그녀 역시 자신이 있었다.

매상옥과 그녀는 묘하게 닮았으면서도 다른 점이 있었다. 닮은 점은 두 사람 모두가 어둠의 세계를 산다는 것이다.

다른 점은 장자이가 도주를 하기에 용이한 경공에 특화된 반면 매상옥은 도주하는 자를 잡아 죽이는 추격전에 능했다. 창과 방패의 관계인 셈인데, 그런 이유로 장자이는 묘하게 호승심이 일었다.

'언젠 한번 붙어봐야지.'

"그나저나 살극달인지 뭔지 하는 그 인간은 왜 안 나오는 거야. 내가 한번 가볼까?"

"네가 왜."

"이상하잖아. 사공녀가 오늘 처음 만난 살극달과 무슨 할 일이 있다고."

"일이야 만들면 되는 거지. 남녀가 한 방에 있는데 할 일이 없을까 봐."

"내 말이, 뭔가 수상하잖아."

"살극달한테 관심있어?"

"뭐? 아이고 배야."

장자이가 풀을 뜯다 말고 갑자기 배를 잡고 바닥을 굴렀다. 그러거나 말거나 묵묵히 풀을 뽑던 매상옥이 한참이나 지난 후 혼잣말처럼 중얼거렸다.

"너 지금 되게 어색하거든."

* * *

홀로 남은 살극달은 천천히 주변을 둘러보았다. 초대형의 탁자를 중심으로 좌우의 벽엔 각종의 서화가 걸려 있었다. 반대편엔 제법 커다란 책장도 있었다. 그 외에도 이런저런 서탁과 장식품들이 한데 어우러져 실내를 고아하게 만들었다.

독고설란은 이층으로 향하는 계단에서 귀신처럼 웅크려 있었다. 주위의 경물에 자신의 환영을 덧씌워 환영술을 펼치고는 있지만 살극달의 눈을 속일 수는 없었다.

살극달은 모른 척 주변을 둘러보다 서탁 위에 놓인 주담자를 발견하고는 다가갔다. 살극달이 주담자를 막 집어가려는

순간,
 파앙!
 귀청을 찢는 파공성과 함께 번쩍이는 빛이 살극달의 귀밑을 스쳐 갔다. 살극달의 귓불에 미세한 상처를 남긴 섬광은 주담자 옆에 꽂혀 한 자루의 비도로 변해 있었다.
 절정의 비도술이었다.
 "내 물건에 하나라도 손을 댔다간 피를 토하고 죽을 줄 알아."
 "목이 말라서 그랬습니다."
 독고설란의 대답은 들려오지 않았다.
 그녀는 어느새 천장에 매달려 살극달을 살피고 있었다. 비도를 쏜 직후 위치를 바꾼 것이다.
 살극달은 입맛을 쓰게 다셨다.
 아무것도 손을 대지 말라니 그때부턴 할 일이 없어졌다. 그렇다고 사람을 불러 세워놓고 말을 하지도 않으니 그야말로 난감한 일이었다.
 살극달은 이제 탁자를 가운데 두고 계속 걸으며 돌았다. 아무것도 하지 않고, 아무것도 만지지도 않고 계속 걷기만 했다.
 독고설란은 그 모습을 조용히 지켜보기만 했다.
 그러다 일각쯤 흘렀을 때 독고설란이 물었다.
 "뭐하는 거지?"

"보다시피 걷고 있습니다."

파앙!

또다시 비도가 날아왔다.

이번엔 살극달이 발을 옮기려는 위치였다.

경고다. 함부로 움직이지 말라는 경고.

"네놈들까지 내가 우습게 보여?"

"할 말이 있으면 빨리 하시고, 안 그러면 보내주시오. 내게도 급한 용무가 있으니까."

"무슨 짓을 하느냐고 묻잖아."

"미친 소리처럼 들리겠지만 난 잠을 자면 죽습니다. 그리고 지금 사흘째 잠을 못 자고 있지요. 잠을 못 자도 죽을 것 같은데, 잠을 자면 그 순간 죽어버리니 이렇게라도 걸으면서 졸음을 쫓을 수밖에."

살극달은 독고설란이 박아놓은 비수를 넘어 다시 걷기 시작했다. 어쩐 일인지 독고설란은 제지하지 않았다. 한참이나 아무 말을 않던 그녀가 갑자기 생각난 듯 물었다.

"몽혼산?"

"그렇습니다."

"재수없는 일을 당했군."

"그런 셈입니다."

"누가 중독시켰지?"

"말하자면 깁니다."

다시 침묵이 이어졌다.

그 침묵의 끝에 독고설란이 말했다.

"여자로군."

"귀신이로군요."

"여긴 왜 왔지?"

"오공녀의 말이 사공녀를 보필하라고 하더군요."

"내가 그 말을 믿을 거라고 생각해?"

"행동거지를 보아하니 안 믿는 것 같군요."

그 순간 천장에서 하얀 그림자가 뚝 떨어졌다. 백의단삼에 비도 대여섯 자루를 허리춤에 꽂았는데, 허리는 한 줌이 안 될 만큼 야위었고 얼굴은 백지장처럼 창백했다.

하지만 아름다웠다.

노련한 화공이 한 붓 한 붓 정성을 다해 그린 것처럼 섬세하고 신비로운 이목구비가 보는 이로 하여금 절로 가슴을 뛰게 하였다.

그녀가 살극달을 노려보며 물었다.

"이름이 뭐지?"

"살극달입니다."

"희한한 이름이군."

살극달이라고 했을 때 사람들의 반응은 이렇게 제각각이었다. 어떤 사람은 여러 번 묻지도 않고 살 씨에 극달이라는 이름을 지녔다고 생각하는 이도 있고, 또 어떤 이는 복성을 써서 살극이 성인 줄 아는 사람도 있었다.

　하지만 대부분은 독고설란처럼 희한한 이름이라는 한마디로 끝났다. 조빙빙처럼 성과 이름을 모두 묻는 경우가 오히려 드물었다. 당연히 그게 정상인 것 같은데도 말이다.

　"혈귀대주에 대해 아는 대로 설명해 봐."

　"그는 강했습니다."

　"그게 끝이야?"

　"그리고 따뜻했지요."

　강하고 따뜻하다는 말보다 하원일을 더 잘 설명할 수 있는 말이 있을까?

　살극달은 없다고 생각했다.

　독고설란의 숨소리가 잦아들었다.

　살극달의 말이 이어졌다.

　"언젠가 한 번은 내게 글을 가르쳐 달라고 하더군요. 그때가 녀석의 나이 열서너 살 무렵이었는데, 나는 명심보감을 가르쳤습니다. 왜 하필 명심보감이냐고 그 녀석이 묻더군요."

　"사람과 짐승의 경계에 있는 책……."

　독고설란이 저도 모르게 조용히 읊조렸다.

　목소리가 미세하게 떨리고 있었다.

　살극달의 말이 다시 이어졌다.

　"하지만 지독히도 말을 안 들어먹었습니다. 매양 싸움질만

하고 다녔는데, 그렇게 거친 녀석이었으면서 못 먹는 것도 많았지요. 특히 돼지고기를 무척 싫어했습니다. 어렸을 때 돼지고기를 먹다가 목구멍에 걸려 사흘 동안 사경을 헤맨 탓인데, 그때부턴 돼지고기라면 질색을 했습니다. 나중엔 고쳤는지 모르겠지만."

"커서도 못 고쳤죠."

독고설란이 말했다.

그녀의 말투가 어느새 공대로 바뀌어 있었다.

누구나 좋아하는 음식인 돼지고기를 못 먹는다는 것과 그 사연에 얽힌 이야기는 한 사람의 아주 중요한 특징이었다. 어린 시절을 함께 보낸 사람이 아니라면 알기가 어려울 정도로.

"내 그럴 줄 알았지."

살극달이 말했다.

"당신이 혈귀대주의 동향이라는 건 인정하죠. 하지만 난 부리는 사람 따윈 필요없어요. 당신이 왜, 무슨 목적으로 여기까지 오게 되었는지 묻지 않을게요. 그러니 조용히 나가주세요. 그리고 다신 오지 마세요."

단지 동향이라는 것 때문에 독고설란의 태도가 바뀐 것은 아니었다. 살극달이 혈귀대주의 글 스승이라는 말이 독고설란으로 하여금 함부로 행동할 수 없게 만든 것이다. 그럼에도 불구하고 경계심은 여전했지만.

그때였다.
 갑자기 집무실의 문이 벌컥 열리며 시원한 육두문자가 쏟아졌다.
 "이 개 같은 년이 사람을 능멸해도 분수가 있지!"

第二章
죽고 싶소?

시뻘게진 얼굴로 등장한 사람은 매상옥이었다. 그는 살극달의 곁에 있는 독고설란을 발견하고는 입을 떡 벌린 채 사색이 되어버렸다.
　독고설란이 인상을 있는 대로 찌푸렸다.
　매상옥은 그 자리에 얼어붙어 버렸다.
　그는 작금의 상황을 어찌할지 몰라 우왕좌왕하더니 아무래도 책임을 질 수가 없을 것 같자 도로 문을 닫고 나가려 했다.
　살극달이 그를 불렀다.
　"무슨 일이야?"

매상옥이 걸음을 멈추더니 독고설란의 시선을 애써 피하며 살극달을 향해 종종걸음으로 다가왔다. 그리고 살극달의 귀에 대고 목소리를 쥐어짰다.

"그 도둑년이 글쎄 또 감쪽같이 사라져 버렸소."

"장자이가?"

"분명 풀을 뽑고 있는 걸 내 봤는데, 잠깐 한눈을 파는 사이에 그만."

"한눈을 팔면 어떡해. 그 자식, 신출귀몰한 걸 뻔히 알면서."

"어쩔 수가 없었소. 이공자가 부르는데 안 가볼 수 있겠소?"

"이공자?"

살극달과 독고설란의 표정이 급변했다.

매상옥은 그제야 중요한 걸 깜빡했다는 듯 한편으로는 독고설란의 눈치를 살피며 살극달에게 말했다.

"이공자가 부주를 모셔오라고 합디다."

"모셔와? 어디로?"

"그는 지금 누각에서 술판을……. 아니, 혈랑대주와 함께 술을 먹고 있습니다."

살극달은 고개를 돌려 독고설란을 바라보았다.

그렇잖아도 창백하던 독고설란의 얼굴에서 핏기가 사라졌다. 파르르 떨리는 눈썹 사이로 초점을 잃은 눈동자가 보였다. 그건 피로에 젖은 눈동자였다.
"어떻게 할까요?"
매상옥이 또다시 독고설란을 일별하고는 질문은 살극달에게 했다. 조금 전의 일도 있거니와 직접 묻기가 민망한 것이다.
한편으로 매상옥은 속이 썩어 문드러졌다.
졸지에 노복(奴僕) 노릇을 하게 된 것도 어이가 없었지만, 지금 자신은 이런 짓이나 하고 있을 때가 아니었다. 한시라도 빨리 장자이를 잡아 해독제를 받아내야 했다.
그럼에도 그는 자미원을 떠날 수가 없었다. 장자이를 잡는다는 보장은 없는 반면, 살극달의 곁에 있으면 시간은 좀 걸릴지언정 해독제는 구할 수 있기 때문이었다.
살극달은 대답 대신 가만히 독고설란을 바라보고 있었다. 이 대답은 자신이 아니라 독고설란의 몫이기 때문이었다.
독고설란이 살극달을 바라보며 말했다.
"내가 한 말 잊지 말아요."
그리고 다시 매상옥을 향해 말했다.
"곧 나간다고 해주세요."
말과 함께 독고설란이 이층으로 향하는 계단을 올라갔다. 옷을 갈아입으려는 것이다.
매상옥이 독고설란의 뒤통수에 대고 공손히 포권을 한 후 돌아서 나가려는 순간, 살극달이 말했다. 독고설란을 향해서였다.

"약속없이 온 사람입니다."

독고설란이 한순간 걸음을 멈추었다.

살극달이 재우쳐 말했다.

"부친이신 뇌정신군이었다면 돌려보냈을 겁니다."

독고설란이 살극달을 향해 천천히 돌아섰다.

그녀는 무언가 뜨거운 것이 목구멍으로 올라오는 듯 작은 입술을 달싹거렸다. 하지만 끝내 말을 뱉지 못하고 삼켰다. 그런 그녀를 향해 살극달은 가일층 냉엄한 어조로 말했다.

"한 걸음을 물러나면 두 걸음을 물러나야 하고, 두 걸음을 물러나면 세 걸음을 물러나야 합니다. 정녕 그걸 원하십니까?"

"당신이 뭘 안다고 감히……."

독고설란의 입술이 부들부들 떨렸다.

살극달은 독고설란을 무시한 채 매상옥을 돌아보며 무겁게 일갈했다.

"부주께선 아직 식전이다. 식사를 끝내실 때까지 기다리든지 아니면 돌아가라고 해라."

"살 형, 지금 제정신……."

"어서!"

좌중을 짓누르는 호통에 매상옥은 목구멍까지 올라온 한마디를 꿀떡 삼켰다. 매상옥은 몇 번이나 살극달을 돌아보며 주저주저하며 밖으로 나갔다.

　매상옥이 나가고 난 뒤 독고설란은 그야말로 하얗게 질린 얼굴이 되었다. 그녀가 살극달을 향해 소리쳤다.

"이게 무슨 짓이에요!"

"식사나 합시다."

　살극달은 독고설란의 말을 자른 후 집무실의 한쪽에 붙어 있는 조리실로 들어갔다. 천추루는 집무실이기도 했지만 뇌정신군의 거처였던 탓에 간이 조리실이 마련되어 있었다.

　하지만 조리실엔 식재료로 쓸 만한 것이 아무것도 없었다. 솥은 언제 물을 끓였는지 모를 만큼 먼지가 내려앉았고, 천장엔 거미줄이 가득했다.

　살극달은 결국 난감한 얼굴이 되어 조리실을 나올 수밖에 없었다. 독고설란은 계단에 서서 그 모습을 빤히 바라보다가 살극달과 눈을 마주치자 온몸을 사시나무처럼 떨었다.

　아랫사람인 주제에 제멋대로 행동하는 살극달의 태도에 분노를 느낀 것이다. 분노를 주체하지 못한 그녀가 무어라 말을 하려는 순간,

"글쎄, 이러면 곤란하다잖소!"

　거칠게 항의하는 소리와 함께 천추루의 문이 벌컥 열렸다. 혈랑대주 표길량이 그를 막아서려는 매상옥과 승강이를 벌이다 문을 박차고 들어온 것이다.

　그들의 뒤로 이공자 막수혼이 보였다.

빙기옥골의 용모에 학창의를 담백하게 차려입은 그는 섭선을 할랑할랑 부치며 한가롭게 들어섰다.
　매상옥이 살극달에게 변명하듯 말했다.
　"내가 잘 알아듣게 얘기를 했는데도 막무가내로 밀고 들어오는 통에……."
　살극달은 눈짓으로 찌그러져 있으라는 신호를 보냈다. 매상옥이 물러나는 사이 막수혼은 차가운 표정으로 살극달을 일별한 후 독고설란에게 다가갔다.
　"마침 나도 식전인데 같이 먹을까?"
　"잠시 후에 나갈 테니 누각에서 기다리세요."
　독고설란은 말을 하면서도 꼭 쥔 두 주먹을 부들부들 떨고 있었다.
　살극달은 그제야 독고설란이 막수혼의 호출에 아무런 저항 없이 나가려고 한 이유를 알았다.
　왜인지 모르지만 독고설란은 막수혼이 천추루로 들어오는 것을 극도로 싫어하고 있었다. 아마도 아버지 뇌정신군과의 추억이 어린 장소이기 때문일 것이다.
　뇌정신군은 모두가 두려워하는 폭군이었지만 딸에게만큼은 지극했다고 한다. 독고설란의 입장에선 천추루에까지 배덕자들의 더러운 발자국을 찍게 만들고 싶지 않았을 것이다.
　"번거롭게 그럴 필요까지야. 기왕 이렇게 왔으니 함께 식사나 하자고."

"무례하군요. 난 자하부의 부주예요."

"무례를 아는 사람이 사형인 날 내쫓아?"

"약속없이 찾아온 사람은 사형이 먼저 아니었던가요?"

독설란은 살극달이 했던 말을 그대로 따라 하는 자신을 발견하곤 속으로 놀랐다.

막수혼이 한층 더 차가운 시선으로 독고설란을 쏘아보았다. 그러다 갑자기 피식 웃으며 섭선을 할랑할랑 부쳤다.

"내가 좀 서툴렀군. 미안하게 생각해. 빙빙에게 들으니 식사를 하는 것도 그렇고 사생활 문제도 그렇고 그동안 여러모로 불편했다지? 그것도 내 실수야. 진작 챙겼어야 하는 건데. 여자들은 그런 것에 예민하다는 걸 깜빡했어."

막수혼은 혈랑대를 물리고 살극달을 비롯한 일꾼들을 붙여준 것에 대해 생색을 내고 있었다.

"용건만 말씀하시고 돌아가세요."

독고설란이 냉랭한 음성으로 말했다.

"식사는 그렇다고 쳐도 차 한 잔도 못 얻어먹는다니, 섭섭하군."

독고설란은 아무 말 하지 않았다.

그녀는 이층으로 향하는 계단에서 한 발자국도 움직이지 않은 채 묵묵히 막수혼을 노려보고 있었다. 마치 제 영역을 침범한 또 다른 짐승과 대치하는 맹수처럼.

막수혼은 어쩔 수 없다는 듯 어깨를 으쓱해 보이고는 말했다.

"알았어. 용건만 말하지. 간밤에 부주를 암살하려는 음모가 있었다는 건 들었지? 다행히 혈랑대에게 발각되어 처리하기는 했지만 하마터면 큰일 날 뻔했어."

막수혼은 잠시 좌중을 돌아보며 딴청을 피웠다.

중요한 대목에서 사이를 두어 자신의 말에 무게를 실으려는 것이다. 살극달은 그런 막수혼의 행동 하나하나를 세심하게 살피고 있었다.

"면밀히 조사한 결과 나는 그게 일사형의 짓이라고 결론을 내렸다. 사매를 제거하면 나와 삼뇌를 밀어내고 권좌에 오를 수 있을 거라고 생각했겠지."

"일사형의 짓이라는 증거가 있나요?"

"자객들은 혈랑대가 번초를 바꾸는 시각을 정확히 알고 있다. 이를 수상히 여긴 삼뇌가 면밀히 조사를 하던 중 사흘 전부터 밤마다 자미원 경내를 기웃거린 놈이 있었다는 걸 알아냈지. 하지만 우리가 그런 낌새를 알아차리고 추적했을 때는 놈은 이미 살아 있는 목숨이 아니었다. 놈은 바로 청룡당 휘하의 각주 방계충이라는 작자였다. 너도 청룡당주가 누구의 명을 받드는지는 알고 있겠지?"

"그것만으로 일사형의 짓이라고 단정할 수 없어요."

"놈이 밤마다 노룡의 처소를 들락거리는 걸 본 사람이 있는데도? 그게 아니어도 너는 일사형의 짓이라는 걸 이미 알고 있다. 다만 부인하고 싶을 뿐."

"……!"

독고설란의 눈동자가 심하게 떨렸다.

일사형 이천풍은 아버지 뇌정신군이 가장 먼저 들인 첫 번째 제자다. 심지가 굳고 오성이 뛰어나 폭군으로 악명 높았던 뇌정신군도 이천풍만큼은 지극히 아꼈다.

이천풍 역시 뇌정신군을 실망하게 하지 않았다.

독고설란은 지난날의 기억이 주마등처럼 스쳐 갔다. 이천풍이 뇌정신군에게 구배지례를 하던 일, 기본공을 끝낸 이천풍이 뇌정신군으로부터 보검을 하사받던 일, 그리고 자신에게 연모의 마음을 고백한 일까지…….

그녀 자신은 비록 그에게 마음을 주지 않았지만, 저 스스로 목숨을 주어도 아깝지 않다던 그의 말이 아직도 귓전에 생생했다.

그 모든 게 다 거짓이었단 말인가.

독고설란은 피가 거꾸로 솟는 것 같았다.

그때 독고설란의 머릿속에서 전음이 울렸다.

[흥분하지 마십시오. 지도자는 무릇 가슴에선 불길이 솟아도 언행은 깊은 골처럼 잔잔해야 합니다.]

독고설란은 정신이 번쩍 들었다.

때마침 막수혼의 입가에 미세하게 미소가 걸리는 것을 보았기 때문이다.

'나를 일부러 자극하고 있어.'

그러다 뭔가 이상하다는 생각이 들었다.

그건 분명 살극달의 목소리였다.

전음은 내공이 반 갑자 이상 되어야만 펼칠 수 있는 상승의 무학이다. 그걸 어떻게 삼류무사 따위가 펼칠 수 있을까?

어쨌거나 지금은 그걸 따지고 있을 때가 아니었다. 정신을 바짝 차리지 않으면 삼뇌의 조언을 받은 막수혼에게 무슨 봉변을 당할지 모른다.

그녀가 마음을 다잡고 물었다.

"원하는 게 뭐죠?"

"일사형은 너를 버렸어. 하지만 나는 달라. 네가 날 버리지 않는 한 난 절대로 널 버리지 않을 거야. 세상 그 누구도 너의 털끝 하나 건드리지 못하게 해주겠다."

"솔직하지 못하군요. 차라리 자하부의 주인 자리를 내놓으라고 하는 게 막 사형답지 않나요?"

"그 자리가 탐나는 건 사실이다. 나도 야망이 있는 사내니까. 나뿐만이 아니라 우리 사형제 모두가 그럴 것이다. 하지만 그게 전부는 아냐. 난 오래전부터 너만 바라보고 있었다. 너도 몰랐다고는 하지 않겠지?"

"사형의 마음은 전혀 중요하지 않아요. 중요한 건 내 마음이 사형을 향하고 있지 않다는 거죠. 분명하고도 확실하게 말하죠. 난 막 사형과 결혼하지 않겠어요."

"혈귀대주 때문이냐?"

독고설란의 눈동자가 열기로 가득 찼다.

반면 살극달의 눈빛은 더욱 차갑게 가라앉았다.

"아직도 내가 혈귀대주를 죽였다고 생각하느냐?"

"어떻게 생각할 것 같아요?"

"시비 때문이군. 그래, 시비를 통해 너를 감시한 건 사실이다. 하지만 단지 그것 때문에 내가 혈귀대주의 행방을 알아내 그를 죽였다고 생각한다면, 나도 분명하고 확실하게 말해두마. 난 혈귀대주를 죽이지 않았다."

"직접적으로 손을 쓰진 않았을지도 모르죠. 하지만 자하부의 주인 자리를 노리는 사람은 누구도 그 책임에서 벗어나지 못할 거예요."

"책임질 일이 있으면 책임을 지도록 하지. 하지만 너는 어떻게 그 책임을 물을 것이냐?"

이 대목에서 독고설란은 아무 말도 하지 못했다.

이천풍은 그녀를 제거하기 위해 자객을 보내고, 막수혼은 그것을 막는다는 명분으로 혈랑대로 하여금 자미원을 장악하게 했다.

결국 이 싸움은 이천풍과 막수혼의 싸움이다.

그 대척점에서 아슬아슬하게 목숨을 부지하고 있는 독고설란이 과연 무엇을 할 수 있을 것인가.

독고설란의 그런 속내를 읽은 막수혼이 비릿한 웃음을 애써 숨기며 말했다.

"약속하마. 반드시 혈귀대주의 복수를 해주마."

"그만 돌아가세요."

독고설란이 돌아서 걸음을 옮기려는 순간 막수혼이 말했다.

"달라졌군."

독고설란이 걸음을 멈추었다.

"확실히 달라졌어. 전엔 내 앞에서 등을 보인 적이 없었는데 말이야."

막수혼이 이번엔 살극달을 돌아보며 물었다.

"네 생각은 어때?"

"난 과거에 부주가 어땠는지 모르오."

"그럼 지금 보는 것만으로 드는 생각은 어때? 주인이 현명한 판단을 내리지 못하면 수하 된 자들이 충언을 해주는 것도 도리지. 듣자 하니 졸자는 줄을 잘 서야 무병장수한다고 했다며?"

살극달은 막수혼의 말을 무시한 채 독고설란을 돌아보며 물었다.

"제가 한 말씀 드려도 되겠습니까?"

신하가 주군을 대하듯 지극히 공손한 태도였다. 독고설란은 의아한 표정으로 살극달을 바라보다 조용히 고개를 끄덕였다.

살극달이 천천히 막수혼을 향해 돌아섰다.

옆으로 비켜서는 듯 작은 동작이었지만 바위가 움직이는 것 같은 묵직함이 느껴졌다. 막수혼과 표길량의 눈동자가 실처럼 가늘어졌다.

살극달이 막수혼을 냉엄한 표정으로 직시하며 말했다.

"이공자, 죽고 싶소?"

이 한마디에 좌중의 공기가 태풍을 맞은 것처럼 요동쳤다. 독고설란은 새파랗게 질려 버렸고, 매상옥은 두 눈이 튀어나올 듯 커졌다. 혈랑대주 표길량이 눈알을 부라리며 살극달을 노려보았다.

막수혼은 자신의 귀를 의심하는 듯했다.

그는 더할 수 없이 놀랍다는, 그러나 한편으로는 어이가 없다는 듯 살극달에게 물었다.

"방금… 뭐라고 했지?"

"당신은 오늘 세 가지 대역죄를 저질렀소. 첫째, 자하부의 수하 된 도리로 감히 지고한 존재인 부주에게 하대를 한 점. 둘째, 돌아가라는 부주의 명을 무시하고 소란을 피운 점. 셋째, 부주에게 안전을 핑계로 혼례를 강요한 점."

"네놈이 정녕 실성을 한……."

"자하부의 문규에!"

살극달의 추상같은 일갈에 천추루의 지붕이 들썩거렸다. 그 기파에 막수혼의 뒷말이 끊어졌다. 막수혼의 입을 막은 살극달이 다시 한 번 냉엄한 목소리로 꾸짖었다.

"하극상은 죽음으로 죄를 묻는다. 바로 어제 낮 청와각에서 혈랑대의 십인장 여제문이라는 자가 내게 한 말이오. 조심하시오. 이공자의 배라고 칼이 안 들어갈까."

"이런 시건방진 새끼가!"

차앙!

귀면검을 섬전처럼 뽑아 든 표길량이 살극달의 턱밑에 검을 붙였다. 하지만 그는 살극달의 털끝 하나 건드릴 수 없었다.

어느새 표길량의 뒤로 귀신처럼 접근한 매상옥이 쌍겸으로 표길량의 목을 휘어 감고 있었기 때문이다.

"네놈들이 정녕 죽고 싶어서 환장한 게냐!"

표길량이 매상옥을 돌아보며 서늘한 목소리로 경고했다.

"미친 소리처럼 들리겠지만 진심으로 미안하외다. 당신들 권력 싸움에 끼어들고 싶은 생각은 눈곱만큼도 없지만, 저 친구가 죽으면 내가 심히 곤란한 상황에 처하게 돼서 말이오."

표길량은 살극달의 목에 칼을 겨누고, 매상옥은 다시 표길량의 목에 낫을 감았다. 장내는 단숨에 살벌한 대치 상태로 변해 버렸다.

그때였다.

칼부림 소리를 들은 혈랑대의 고수 십여 명이 활짝 열린 문을 통해 우르르 들어왔다.

그들은 눈 깜짝할 사이에 매상옥을 에워싸더니 목에 칼을 밀어 넣었다. 순식간에 상황이 또 한 번 역전했다. 졸지에 십여 개의 칼을 혼자서 받게 된 매상옥의 얼굴이 썩어 문드러졌다.

"빌어먹을!"

그 분위기에서 막수혼이 살극달에게 말했다.

"무얼 믿고 이러는지 모르지만, 넌 방금 아주 큰 실수를 했다. 이제부터 그 대가를 치러야 할 터인데, 각오는 돼 있겠지?"

살극달은 말없이 막수혼을 노려보기만 했다.

막수혼이 실소를 흘리며 말을 이었다.

"표길량, 그놈을 죽여라!"

낫으로 표길량의 목을 감고 있는 매상옥을 말하는 것이었다. 표길량은 비릿하게 웃더니 매상옥을 둘러싼 수하들에게 눈짓을 보냈다.

그의 수하들이 일말의 망설임도 없이 매상옥을 향해 검을 휘둘렀다. 놈들이 이렇게 대범하게 나올 줄 몰랐던 매상옥은 크게 당황하며 황급히 쌍겸을 회수해 난상으로 휘둘렀다.

까라라랑! 깡깡깡!

불꽃이 사방으로 튀며 매상옥의 상체가 한순간 활짝 열렸다. 그 찰나의 간격을 파고 벼락처럼 돌아선 표길량이 매상옥의 가슴을 향해 검을 깊숙이 찔러갔다.

일갈과 함께였다.

"너희는 이제 비켜라!"

대경실색한 매상옥은 연거푸 뒷걸음질을 치며 쌍겸을 휘둘렀다. 표길량의 검이 쌍겸 안을 파고들며 다시 한 번 귀청을 찢는 금속성이 울렸다.

까강깡깡!

오성군의 무공에 근접했다는 평가를 받는 혈랑대주였다. 덧붙여 언제 어디서 적들이 전권 속으로 뛰어들지 모르는 상태에서 매상옥의 움직임은 아무래도 위축될 수밖에 없었다.

시종일관 압도적인 무위로 밀어붙이던 표길량은 기어이 매상옥의 겸 하나를 날려 버렸다.

파라랑!

매상옥의 좌겸이 질풍처럼 회전하며 벽체로 날아가 꽂혔다. 그 순간, 빈틈을 발견한 표길량이 마지막 일격으로 매상옥의 숨통을 끊어놓으려는 찰나 번쩍이는 섬광이 검신을 때렸다.

따앙!

표길량의 검신이 불꽃을 튀기며 한순간 방향을 틀었다. 그 순간 독고설란의 일성이 터졌다.

"그만!"

표길량이 주춤하는 순간, 매상옥이 서너 걸음을 물러나면서 싸움이 중지되었다.

독고설란이 양손에 비도를 든 채 막수혼을 바라보며 말했다.

"다시 한 번 내 사람들을 건드리면 그땐 평생을 막 사형과 싸우겠어요!"

좌중이 찬물을 끼얹은 것처럼 조용해졌다.

'다시 한 번 내 사람을 건드리면'이라는 말은 죽은 혈귀대주를 염두에 둔 말이었다. 그리고 그녀는 방금 살극달과 매상옥을 자신의 사람들이라고 공표한 셈이다.

표길량은 여전히 검극을 매상옥에게로 향한 채 막수혼을 돌아보며 어찌할지를 물었다. 막수혼이 미세하게 고개를 끄덕이자 표길량이 비로소 검을 회수했다.

살극달이 입가에 의미심장한 미소를 띠었지만 그걸 본 사람은 아무도 없었다.

죽음 직전에 구사일생으로 목숨을 구한 매상옥은 저도 모르게 한숨을 쉬었다.

그때 막수혼이 독고설란을 향해 말했다.

"일사형이 대제자의 이름으로 가로회의(家老會議)를 소집했다."

가로회의는 문파의 명운이 달린 중요한 안건이 생겼을 때 자하부의 모든 수뇌부가 한자리에 모여 대소사를 결정하는 걸 말한다.

뇌정신군은 모든 것을 홀로 결정하고 독불장군처럼 밀어붙인 폭군이었지만 유일하게 가로회의에서 나온 결정만큼은 최대한 존중을 해주었다.

설혹 그것이 그의 마음에 차지 않을지라도 이런저런 형식을 통해 가로회의의 체면은 세워주었다. 그것은 가로회의의 수장이 다름 아닌 이원로들이었기 때문이다.

즉, 가로회의는 이원로를 모시지 않으면 열릴 수가 없다. 이원로가 없는 가로회의는 더 이상 가로회의가 아니기 때문이다.

하지만 이원로들은 십 년 전부터 죽림에 은거, 세상사에 모두 초연한 채 신선과도 같은 삶을 살았다. 그들은 자하부에서 벌어지는 오성군의 권력 싸움에 일절 관여하지 않았다.

그들의 행동이 의미하는 바는 명확했다. 싸워서 이기는 자가 자하부의 주인이다. 그랬던 그들이 갑자기 은거를 깨고 가로회의에 모습을 드러내려 한다.

도대체 왜?

자하부의 권력 싸움에 개입하겠다는 것이다.

이원로는 자하부의 누구도 감당할 수 없는 압도적인 무공을 지녔다. 또한 엄청난 권위와 상징적인 힘을 지녔다. 그들마저 일사형의 손을 들어준다면 모든 게 끝장이다.

분명 노룡의 작품일 것이다.

도대체 그는 무슨 묘술을 부려 이 어마어마한 일들을 척척

해내는 걸까? 그것도 불과 사흘여 만에.

비로소 그가 전쟁의 신이라는 것을 실감한 독고설란은 그야말로 하얗게 질려 버렸다.

한데 막수혼의 말은 그게 끝이 아니었다.

"자하부의 상선 십여 척이 사라진 얘긴 들었어?"

"……!"

"역시 몰랐나 보군. 금사도로 향했던 상선들이 정체를 알 수 없는 해적들을 만나 약탈을 당했다. 하지만 그건 겉으로 보이는 연극일 뿐, 이면에 더러운 음모가 숨어 있지. 향후 자하부는 금사도는 물론 남무림의 어느 곳에서도 상거래를 할 수 없을 것이다. 자하부의 각종 이권은 남무림의 상계가 나눠 가질 테니까. 그 대가로 상계는 일사형에게 전쟁 자금과 정보력을 제공하기로 했지."

독고설란의 눈동자가 심하게 떨렸다.

금사도에서의 교역권은 뇌정신군이 남해의 해적들과 십 년 동안이나 싸워가며 개척한 것이다. 그걸 발판으로 자하부가 만들어졌고 오늘에 이르렀다.

아버지의 피와 땀이 한순간에 날아가 버리는 것 같았다. 하지만 독고설란은 놀라지 않았다. 간악한 배덕자들이 자하부를 갈기갈기 찢어놓은 터에 그깟 과거의 영화 따위가 무슨 상관인가.

독고설란이 걱정하는 것은 조빙빙이었다.

그런 속사정이 있었으면서도 조빙빙은 독고설란에게 걱정을 끼칠까 봐 한마디도 하지 않았다. 이제는 사저를 돕지 않겠다고 한 것도 실제로는 도울 수가 없다는 말이었다. 그것도 모르고 독고설란은 조빙빙에게 망할 년이라며 욕까지 했으니……

 막수혼은 먹먹한 얼굴로 서 있는 독고설란에게 마지막 통보 같은 한마디를 내뱉었다.

 "이제 알겠지? 일사형이 어떤 인물인지. 네가 믿을 사람은 나밖에 없어. 그리고 명심해라. 나라고 언제까지 너의 투정을 받아줄 수는 없음을."

 막수혼은 얼음장처럼 굳어 있는 독고설란을 뒤로하고 문 쪽으로 걸음을 옮겼다. 밖으로 나가기 전 그는 살극달에게 얼굴을 바짝 들이대며 속삭였다.

 "겁에 질린 저 표정이 보이나? 네 주인은 권좌를 지킬 수 없다. 졸자는 우두머리를 잘 만나야 한다고 했던가? 후후후."

 막수혼은 냉소를 흘리더니 혈랑대의 수하들과 함께 천추루를 나가 버렸다. 그가 나가기 직전 살극달의 뇌리에 전음이 파고들었다.

 [네놈의 배짱이 마음에 들었다. 인재라면 언제든 환영한다. 생각이 있으면 날 찾아오도록.]

 "젠장, 젠장, 젠장! 그 도둑년 때문에 이게 뭐야!"

막수혼이 사라지자 매상옥이 바닥에 털썩 주저앉아 게거품을 물었다. 자신의 의지와 상관없이 복잡한 일에 휘말린 게 억울한 것이다.

그 와중에 독고설란은 계단을 내려와 살극달을 향해 소리쳤다.

"이게 무슨 짓이에요!"

"벌써 잊었습니까. 지도자는 함부로 감정을 드러내면 안 됩니다. 비록 그것이 수하들 앞이라 할지라도."

"수하는 누가 수하예요?"

"방금 그러셨잖습니까? 내 사람들을 건드리면 가만두지 않겠다고. 지도자는 한 입으로 두말을 해도 안 됩니다."

"그건……!"

독고설란은 말을 하다 말고 꿀 먹은 벙어리가 되었다. 다른 누구도 아닌 그녀 자신의 입으로 좀 전에 내 사람들을 건드리지 말라고 하지 않았던가.

살극달의 차분한 음성이 이어졌다.

"어떤 생각을 하셨습니까?"

"무슨 말이에요?"

독고설란이 신경질적으로 반문했다.

"적과의 대화를 가벼이 여기지 마십시오. 적의 한마디 한마디는 사소한 것일지라도 정보를 담고 있습니다. 그것들이 모이면 내겐 적지 않은 힘이 될 수 있습니다."

예사롭지 않은 살극달의 말에 독고설란은 비록 씨근덕대는 얼굴일망정 귀를 열고 경청했다. 살극달은 심유한 눈빛을 독고설란의 눈동자에 고정 시킨 채 다시 말을 이어갔다.

"부주께 최후통첩을 하듯 했지만 이공자는 크게 경동하고 있습니다. 노룡의 등장과 가로회의가 그의 이성을 마비시킨 것이죠. 그나마 그가 앵무새처럼 맥락을 쏟아내고 돌아갈 수 있었던 건 삼뇌의 조언을 받았기 때문입니다."

독고설란의 눈이 휘둥그레졌다.

살극달의 말을 듣고 있자니 자신이 오히려 이공자의 명줄을 쥐고 있는 것 같지 않은가. 비록 그것이 전면 사실이 아닐지라도 그러한 지점이 있는 것 또한 사실이었다.

"다시 묻겠습니다. 어떻게 생각하십니까?"

"일사형은 나를 제거하려 들고, 이사형은 나를 지키려 드는 것 같지만 실상 두 사람 모두 내 안전 따위는 관심도 없어요."

"당신은 부주입니다. 자하부의 주인. 그들이 당신을 놓고 쥐락펴락하는 게 아니라 당신이 그들의 목숨을 좌지우지하는 겁니다. 그래야 합니다."

"내가… 그들의 목숨을 좌지우지한다고요?"

"때를 기다리십시오. 그리고 두려워하지 마십시오. 이공자가 있는 한 일공자는 부주를 죽일 수 없습니다. 또한 일공자가 있는 한 이공자는 부주에게 어떤 해악도 끼칠 수 없습니다. 그들의 힘이 비등하게 지속되는 동안엔 부주는 안전합니다. 문제는 지금의 균형이 깨질 때죠."

살극달의 말이 끝난 후에도 독고설란은 한참이나 그를 물끄러미 바라보았다. 대충 쓸어 모아서 뒤로 틀어 묶은 머리, 구릿빛으로 번들거리는 얼굴, 거친 마의, 녹슨 박도. 어느 모로 보나 촌티가 좔좔 흐르는 무림 초출이다.

하지만 그의 입에서 흘러나온 말들은 결코 촌구석을 박차고 나온 무림 초출의 그것이 아니었다. 그의 말들은 냉정하리만치 조용하고 차분해서 흥분으로 가득 차 있던 독고설란의 마음을 빗줄기처럼 두들겼다.

하지만 그래서 뭘 어쩌겠다는 건가?

싸움은 말로 하는 것이 아니고, 살극달은 겨우 혼자였다. 설혹 그가 제법 뛰어난 통찰력을 지닌 자라고 해도 저 귀신같은 노룡과 삼뇌의 지력을 당할 수는 없다.

다시 악몽 같은 현실로 돌아온 독고설란은 자포자기의 심정이 되어버렸다. 그녀는 매상옥의 곁에 털썩 주저앉으며 한숨을 푹푹 쉬었다.

동병상련의 고통을 느꼈는지 매상옥이 독고설란을 슬쩍 돌아보고는 품속에서 술병을 꺼내 내밀었다.

"두 번밖에 입 안 댔습니다. 생각있으시면……."

매상옥의 말이 채 끝나기도 전에 독고설란은 술병을 낚아채 벌컥벌컥 들이켰다. 한 번에 다 마셔 버릴 듯한 기세에 매

죽고 싶소? 53

상옥이 침을 꼴딱꼴딱 삼켰다.

천만다행으로 독고설란은 술이 반쯤 남았을 때 입술을 소매로 거칠게 닦으며 살극달에게 물었다.

"그래서 이제 어쩔 셈이신가요, 잘난 수하님?"

비룡잠호
秘龍潛虎

당초리어(糖醋鯉魚)라는 요리가 있다.

만드는 방법은 이렇다.

우선 잉어를 산 채로 잡아다 비늘을 긁고 아가미를 뗀 다음 그 사이로 내장을 뽑아낸다. 이렇게 원형을 최대한 훼손하지 않는 상태에서 손질한 잉어를 다시 어슷어슷 칼집을 낸다.

그리고 칼집 사이로 간장을 골고루 스며들게 한 후 밀가루를 듬뿍 발라 기름에 튀겨낸다. 마지막으로 튀긴 잉어 위에 여러 가지 야채와 버무린 양념장을 뿌려 접시에 담아내면 끝이다.

살극달은 간장 대신 소금물에 담갔고, 기름에 튀기는 대신 꼬챙이에 끼워 생불에 구워냈다. 마지막으로 양념으로 맛깔나게 버무리는 대신 양을 푸짐하게 만들어 독고설란과 매상옥에게 나눠 주며 말했다.

"드십시오. 세상 그 어떤 일도 밥 한 끼로 시작하는 겁니다."

독고설란은 그야말로 어리벙벙한 얼굴이 되었다.

주방에 남은 식재료라곤 소금이 전부이니 그걸로 간을 맞춰 대충 구워낸 것까지는 좋다. 하지만 살극달이 잉어를 잡아 온 곳이 다름 아닌 자미원의 정원에 있는 연못이었다.

아버지 뇌정신군이 생전에 그토록 아꼈던 여섯 마리의 잉어는 지금 배에 수십 방의 칼침을 맞은 채 그녀의 앞에서 모락모락 김을 피워 올리고 있었다.

"제법 먹을 만하네."

어느새 잉어 한 마리를 집어 든 매상옥이 쩝쩝거리며 말했다. 살극달도 미소를 지으며 한 마리를 집어 들고 뜯기 시작했다.

그런 두 사람을 한참이나 바라보던 독고설란은 또다시 한숨을 푹푹 쉬며 잉어를 집어 들었다. 이미 구워 버린 잉어를 이제 와 탓하면 무엇하겠는가.

게다가 잉어는 제법 맛이 있었다.

적당히 배어든 소금기에 알싸한 불 맛까지 어우러진 것이 그런대로 먹을 만했다. 하지만 그런 건 중요하지 않았다.

'얼마 만의 따뜻한 음식인지 모르겠네.'

그동안 독고설란은 혈랑대가 주는 밥을 먹었다. 음식의 질은 이깟 잉어구이 따위에 비교할 바가 아니었다. 산해진미까지는 아니어도 그들은 충분히 먹을 만한 음식을 주었다.

문제는 안전성이다. 그리고 온기였다.

청와각에서 부탁해 가져오는 통에 음식은 언제나 식어빠졌고, 독을 탔을지 모른다는 불안감에 시달려야 했다.

하지만 지금은 달랐다.

살극달은 독고설란을 연못가에 앉혀놓고 그녀가 보는 앞에서 매상옥과 함께 물속으로 뛰어들어 잉어를 잡았다. 그리고 그 자리에서 순식간에 칼집을 내고 소금을 뿌려 생불에 구웠다.

잉어의 살코기가 뱃속으로 들어가는 순간 독고설란은 사람의 온기와 함께 말할 수 없는 신뢰와 평온함을 느꼈다.

혈귀대주를 저세상으로 보낸 후 처음 느껴보는 평온함이었다. 하지만 이 평온함도 오래지 않아 깨지리라.

"당신은 이름이 뭐라고 했죠?"

독고설란이 매상옥에게 물었다.

독고설란의 갑작스러운 질문이 황송한 듯 매상옥은 식지도 않은 살코기를 꿀떡 삼켰다. 뜨거운 살코기가 목구멍을 지지자 매상옥은 대답도 못하고 얼굴만 노래졌다.

독고설란이 피식 웃으며 술병을 집어줬다.

매상옥이 얼른 술병을 받아 쥐고 목구멍을 식힌 후 겨우 대답했다.

"매상옥입니다."

"당신도 몽혼산에 중독되었나요?"

매상옥은 의아한 표정으로 살극달을 일별한 후 대답했다.

"그렇습니다."

"중독을 시킨 사람은 처음에 내 사매와 함께 온 그 여자고요."

"그렇습니다."

"아깐 왜 저 사람을 도왔죠?"

독고설란이 눈짓으로 열심히 잉어를 뜯고 있는 살극달을 가리키며 말했다.

"그가 해독제 만드는 비방을 알고 있습니다. 만약의 경우를 대비해 그라도 살아 있어야 합니다."

"위험한 일에 휘말렸는데 두렵지 않나요?"

"솔직히 말씀드려도 되겠습니까?"

"말해보세요."

"해독제만 얻으면 전 떠날 겁니다. 얼떨결에 하나로 엮이긴 했지만, 행여라도 제게 별다른 기대를 하지 않으셨으면 좋겠습니다."

독고설란은 말없이 미소만 지었다.

살극달과 매상옥은 의아한 얼굴이 되어 독고설란을 바라

보았다. 매상옥이 물었다.
"왜 웃으십니까?"
"당신은 최소한 날 기만하지는 않는군요. 솔직히 말해줘서 고마워요."

독고설란은 정말로 아무렇지도 않은 듯 다시 잉어를 한입 베어 물었다. 그리고 자그마한 입술을 오물거리며 살극달에게 물었다.

"이제 왜 날 돕는 건지 말씀해 주시겠어요? 아직도 혈귀대주와 동향이라는 말로 나를 기만하려 든다면 더 이상 당신과 말을 섞지 않겠어요."

살극달은 대답을 하지 않고 독고설란을 가만히 바라보았다. 독고설란 역시 이번엔 그냥 넘어가지 않겠다는 듯 두 눈을 똑바로 뜨고 살극달을 노려보았다.

살극달은 더 이상은 숨길 수 없음을 깨달았다. 혈랑대에 의해 인질로 잡혀 있다지만 그녀는 엄연한 용의 핏줄이다. 몇 마디 말로 언제까지 그녀를 속일 수는 없었다. 결심을 굳힌 살극달은 여전히 그녀에게서 눈을 떼지 않은 채 말했다.

"매상옥, 장자이의 직업이 뭐지?"

뜬금없는 살극달의 말에 매상옥이 어리둥절한 표정으로 고개를 들었다.

"몰라서 묻소? 도둑년이잖소."

"천추루가 비었네."

지금 세 사람이 식사를 하는 곳은 정원 한가운데 있는 연못가였다. 때문에 천추루는 텅 비어 있었다. 천추루는 뇌정신군이라는 희대의 검사가 기거했던 곳. 장자이가 이 기회를 놓칠 리가 없었다.

"내 이년을 당장!"

뒤늦게 살극달의 말을 깨달은 매상옥이 벼락처럼 일어나서는 쌍검을 뽑아 들고 천추루를 향해 내달렸다. 그때까지도 독고설란과 살극달은 눈싸움을 그치지 않고 있었다.

독고설란이 말했다.

"일부러 바깥에서 식사를 한 거군요. 그녀를 유인하기 위해서. 정체가 뭐죠? 왜 날 돕는 거예요?"

살극달은 잠시 사이를 두었다가 천천히 지난 일을 얘기하기 시작했다.

"십 년 전, 난 남만을 떠돌고 있었습니다. 그때 우연히 야합족에게 끌려가는 노인을 구해주었고, 그를 따라 국경지대에 있는 어느 광산촌으로 들어갔습니다. 그에게는 세 명의 아들이 있었는데, 매양 싸움질만 하고 다니는 골칫덩어리들이었죠. 그러다 그가 죽고 난 혼자 녀석들을 키우게 됐습니다. 하지만 남만의 좁은 마을에만 붙들어두기에 녀석들은 너무 젊었습니다. 오 년이 흐른 후 녀석들은 남만을 떠났고, 다시 오 년이 흐른 후엔 난 녀석들이 죽었다는 소식을 듣게 되었습니다. 그리고 그 죽음과 관련있는 자들을 찾아 책임을 묻기 위해 여기까지 오게 되었습니다."

 살극달이 여기까지 말을 했을 때 독고설란의 눈동자는 벌써부터 크게 흔들리고 있었다.

 "녀석들의 이름은 첫째가 하대광, 둘째가 하소추, 셋째가 하원일이었습니다."

 "말도 안 돼!"

 "난 원일이의 형입니다. 비록 피는 섞이지 않았지만 그놈은 내 동생이 틀림없습니다."

 "그 얘기를 왜 이제야 하는 거예요?"

 끝까지 의연함을 잃지 않으려고 노력했지만 독고설란의 목소리는 심하게 떨리고 있었다.

 "일을 복잡하게 만들고 싶지 않았습니다."

 "나를 믿지 못했군요."

 살극달은 대답을 하지 않았다.

 그로서는 할 수 있는 말을 다 했고, 나머지 판단은 독고설란의 몫이었다. 당황한 독고설란은 한동안 마음을 다잡지 못하고 흥분했다. 잠시 시간이 흐른 후 그녀가 말했다.

 "당신 얘기 들은 적 있어요. 두 형과 함께 싸움질을 하고 돌아다니다가 어느 날 의형에게 죽도록 맞고 고향을 떠났다고. 언젠가 다시 돌아가 의형을 만난다면 그때 의형이 미워서 떠난 게 아니었다고 말해주고 싶다고……."

 살극달은 불현듯 그 옛날의 일이 떠올라서 가슴이 먹먹해졌다. 그때 만약 그토록 모질게 두들겨 패지 않았다면 녀석들이 남만을 떠나지 않았을지도 모른다는 생각을 가끔 했었다.

 소추가 찾아와서 원일의 죽음을 얘기했을 때 그런 생각은 죄책감으로 바뀌었다. 하지만 하원일은 오히려 살극달이 마음을 다쳤을까 봐 걱정하고 있었던 것이다.

"대광이와 소추에 대해 아는 게 있습니까?"

"두 사람은 해적이 되었어요. 그 세계에선 제법 유명한 사람들 같았는데 동생의 앞길에 방해가 될까 봐 일절 찾아오지 않았죠. 혈귀대주가 죽은 지 얼마 되지 않은 어느 날 밤 몰래 한 번 찾아오긴 했지만."

"뭐라고 했습니까?"

"아무 말도요. 그냥 동생이 좋아했던 여자가 어떤 사람인지 한번 보고 싶었다고. 그리곤 떠났죠."

어떤 사람들은 어미의 뱃속에서부터 폭력성을 가지고 태어난다. 내면에 잠재되어 있는 그들의 폭력성은 시간이 흐를수록 점점 강해지고 단련된다. 그러다 인생의 어느 순간이 되면 스스로 생의 방향을 결정하게 된다.

어떤 사람은 협객이 되기도 하고, 어떤 사람은 도적이 되기도 한다. 하원일은 자하부의 대주가 되었지만 하대광과 하소추는 해적이 되었다.

세 형제의 엇갈린 운명에 살극달은 마음이 무거워졌다. 오래전 그날 하원일이 위기에 빠진 독고설란을 만나지 않았더라면 녀석 역시 해적으로 살지 않았겠는가.

하지만 자하부의 무사가 되지 않은 삶이 꼭 나쁜 삶이라고 할 수 있을까? 만약 해적이 되었다면 하원일도, 하대광도, 하소추도 죽지 않았을지 모른다.

어차피 치열하게 싸우고 빼앗는 것은 무림의 어느 곳이나 마찬가지가 아닌가. 그곳이 자하부든 해적들의 세계든.

살극달의 마음이 불편한 것은 동생들을 부탁한다던 양부의 마지막 유언이 계속 귓전에 맴돌기 때문이었다.

"원일이의 죽음에 대해 아는 대로 말해주겠습니까?"

살극달이 물었다.

독고설란은 기억을 더듬으며 말을 시작했다.

"오성군 간의 두 번째 전쟁이 끝나고 얼마 지나지 않아서였죠."

그날 밤, 독고설란은 흑림을 산책하고 있었다.

사방에 적들이 가득했지만 두렵지 않았다. 곁에는 혈귀대주가 있었고, 숲에는 그의 충성스런 수하 서른 명이 그녀를 철벽처럼 에워싼 채 따르고 있었기 때문이다.

혈귀대주가 물었다.

"노룡이라는 이름을 아십니까?"

"노룡? 그런 별호는 처음 들어보는데요."

"부주께서는 분명 들어본 바가 있으실 겁니다."

"설마… 전쟁의 신을 말하는 건 아니겠죠?"

"맞습니다. 바로 그 노룡입니다."

"세상에 전쟁의 신을 모르는 사람이 어디 있겠어요. 비록 얼굴은 모르지만 그 이름은 당대를 사는 무림인이라면 누구나 한 번쯤은 들어봤을 걸요. 한데, 갑자기 그건 왜 묻죠?"

"제게 두 명의 형이 있다는 건 알고 계실 겁니다. 얼마 전 그들이 연통을 보내왔습니다. 광동의 바다를 무대로 활동하는 묘족 출신의 해적들을 만났는데 그들이 아주 재밌는 얘기를 하더라는 겁니다."

"그게 뭐죠?"

"광동의 어느 바닷가에 노룡이 산다는군요."

"무림인들이 그렇게 수소문해도 없었는데 그가 그렇게 쉽게 모습을 드러냈겠어요?"

"아시다시피 노룡은 정마대전 당시 남만의 묘족 전사 오백을 이끌었습니다. 해적들 중에 그때 참전했던 자가 있었던 것 같습니다."

"그럼 진짜 노룡이란 말인가요?"

"확인을 해봐야겠지만 현재로선 그럴 공산이 큽니다."

"놀랍군요. 노룡이 광동의 바닷가에 은거했다니. 한데 그 얘기를 왜 지금 하는 거죠?"

"광동을 다녀올까 합니다."

"무슨……?"

"그라면 부주를 도울 수 있을지도 모릅니다."

"……?"

"그는 야만의 전사 오백으로 일만의 마병을 몰살한 전쟁의 신입니다. 그라면 오성군으로부터 부주를 지켜내는 일쯤은 어렵지 않을 겁니다."

"그는 세상 모든 영화를 등지고 은거한 사람이에요. 그런 그를 세속의 일로 불러낼 수 있겠어요?"

"부딪쳐 봐야죠."

"그는 결국 떠났어요. 그리고 열흘 후 혈사곡에서 주검으로 발견되었다는 소식을 들었죠."

독고설란의 말을 모두 들었을 때 살극달은 음모라는 생각이 들었다. 어떤 경로를 통했는지 모르지만, 놈들은 하원일에게 해적질을 하는 두 명의 형이 있다는 걸 알고 있었고, 그 형들을 통해 하원일을 불러냈다.

독고설란을 지키기 위해서라면 그가 무슨 일이든 할 거라는 걸 알고 있었던 것이다.

이유는 자명했다.

독고설란의 팔다리를 잘라내기 위해서다.

살극달이 물었다.

"검시(檢屍)를 할 줄 아십니까?"

"저도 무림에서 잔뼈가 굵은 무림인이라는 잊으셨나요?"

"부친께서는 독살을 당한 것이 확실합니까?"

"중독된 것은 사실이지만, 아버지는 독 따위에 돌아가실 분이 아니에요. 직접적인 사인은 검상이었죠. 중독된 상태에서 누군가와 백척간두의 생사투를 벌였던 것 같아요."

"검흔에 대해 자세하게 설명해 주십시오."

"생전 처음 보는 검흔이었어요. 검이 두 번이나 방향을 바꿨고, 검이 지나간 곳은 모두 시커멓게 탄 상태였죠. 마치 벼락에 맞은 것처럼."

"역시……."

"왜 그러시죠?"

"낙뢰흔(落雷痕)이라는 겁니다. 세상에 그런 검흔을 만들 수 있는 무공은 딱 하나밖에 없죠. 혼원벽력검(混元霹靂劍). 오래전에 실전된 극강의 마공입니다."

독고설란은 어리둥절했다.

강호의 경험이 일천하다고는 하나 그녀는 엄연한 자하부의 적통이다. 걸음마를 떼면서부터 보법을 배웠고, 말을 배우면서부터 강호의 수많은 기인들과 그들과 얽힌 기이막측한 얘기들을 들었다.

하지만 낙뢰흔과 혼원벽력검은 금시초문이었다.

"한데 아버지의 주검에 그게 있다는 건 어떻게 알았죠?"

"원일이의 뼈에도 낙뢰흔이 새겨져 있었습니다."

"하면……?"

"부친을 죽인 흉수와 하원일을 죽인 흉수는 동일한 인물입니다."

"설마했는데, 결국 그랬군요."

"혼원벽력검을 수련할 때 반드시 뇌성(雷聲)이 울립니다. 혹, 근자에 뇌성을 들어본 적이 있습니까?"

독고설란은 잠재된 기억까지 모두 끄집어내려는 듯 한참을 고민하다 대답을 했다.

"휴우. 들어 본 기억이 전혀 없어요."

그럴 것이라 짐작했다.

마른하늘에 벼락이 치면 사람들의 이목을 끌지 않을 수 없다. 놈은 필시 인적이 없는 곳에서 홀로 마공을 익혔거나 폭우가 몰아치는 날만 수련했을 것이다.

그때였다.

쾅!

뇌성 같은 굉음과 함께 천추루의 이층 창문이 터져 나갔다. 그 사이로 가냘픈 그림자가 비조처럼 튀어나왔다. 쌍검을 뽑아 든 살찐 그림자가 그 뒤를 바짝 따라붙었다.

가냘픈 그림자와 살찐 그림자는 찰나의 거리를 두고 지붕으로 올라가 날아갈 듯 휘어진 용마루를 달리다가 서쪽 숲으로 사라져 버렸다. 그 모습이 흡사 날다람쥐 두 마리가 줄지어 달려가는 것 같았다.

그 순간 정원에서 조금 떨어진 연무장에 모여 있던 혈랑대가 일순 소란스러워지는 듯했다. 그도 그럴 것이, 천추루를 중심으로 사방 삼백여 장에 달하는 자미원의 경내는 혈랑대에 의해 철저하게 봉쇄되었다.

한데 그 철벽을 뚫고 누군가 들락거리고 있는 것이다. 뒤늦게 혈랑대주 표길량의 호통 소리가 들렸다. 이어 누군가 호각을 불었다.

그러자 서쪽 숲에서 번을 서고 있던 혈랑대의 고수 십여 명이 부리나케 숲을 뒤흔들며 가냘픈 그림자와 살찐 그림자의 뒤를 쫓았다.

때아닌 소란에 잠시 시선을 빼앗겼던 독고설란과 살극달은 무덤덤하게 다시 서로를 응시했다.

살극달이 말했다.

"적들은 아주 가까운 곳에 있습니다. 난 끝까지 그들을 찾아내 원일이와 소추, 대광의 죽음에 대한 책임을 물을 것입니다."

"저도 돕겠어요. 그들은 제 아버지의 원수이기도 하니까요."

"힘든 싸움이 될 것입니다."

"하지만 꼭 해야 할 싸움이죠."

살극달이 독고설란을 만난 이후 처음으로 보는 씩씩한 모습이었다. 악에 받친 모습 말고, 오기에 사로잡힌 모습 말고, 정말로 싸우겠다는 의지가 충만한, 그래서 그 어떤 난관도 꼭

뚫고야 말겠다는 모습이었다.

  살극달의 등장이 그녀를 다시 일으키고 있는 것이다. 살극달이 웃으며 말했다.

  "원일이는 좋은 여자를 찾았군요."

  "혈귀대주는 좋은 형을 두었고요."

  독고설란은 잠시 사이를 두었다가 한마디를 더 덧붙였다.

  "우리는 동시에 사랑하는 사람을 잃었고요."

  독고설란은 웃었다.

  얼굴은 웃었지만 눈동자는 눈물 두 방울을 또르르 흘리고 있었다.

  살극달은 말없이 독고설란을 바라보았다.

  같은 적을 두었고, 함께 사랑하는 사람을 잃었다. 그 적들은 지금도 독고설란의 목숨을 빼앗으려 점점 다가오고 있다. 하원일이 목숨을 바쳐가면서까지 지켜주고자 했던 사람……

  '보고 있니? 그녀가 네가 보고 싶어 울고 있다. 너는 지켜주지 못했지만 너의 여자는 지켜주마. 천하의 누구도 그녀의 털끝 하나 건드리지 못하게 하마. 그러니… 편안히 가거라.'

  "이제 진짜로 말해줘요. 제가 뭘 하면 되죠?"

  독고설란이 소매로 눈물을 훔치며 씩씩하게 말했다. 내가라는 표현은 어느새 제가라는 표현으로 바뀌어 있었다. 살극달이 하원일의 형이라는 사실을 알게 된 후 더는 함부로 대할 수가 없었기 때문이다.

"사람들을 모을 겁니다."

"제 편이 되어줄 사람이 과연 있을까요?"

"바깥에서도 찾을 테지만 일단 자하부에서 먼저 쓸 만한 사람을 찾을 겁니다."

"자하부에 제 편이 되어줄 사람은 한 명도 남아 있지 않을 거예요. 전 이미 사람들로부터 신뢰를 잃은 걸요."

독고설란이 고개를 푹 숙였다. 마치 이 모든 게 자신의 무기력함 때문이라는 듯.

"세상 일이 그렇게 흑백으로만 나눠지지는 않습니다. 각자의 이해타산에 따라 어느 한쪽에 발을 들여놓을 수는 있으나 실제로는 중립을 지키는 사람들도 많죠. 그들을 흔들어볼 작정입니다."

"상황에 따라 왼쪽과 오른쪽을 왔다 갔다 하는 사람들은 언제든 저를 배신할 거예요."

"북방의 기마민족들은 힘을 보여주지 않으면 왕을 따르지 않습니다. 그들이 중립을 지키는 건 충성심이 모자라서가 아닙니다. 목숨을 걸 만큼의 압도적인 힘을 보지 못했기 때문이죠."

"제게는 그만한 힘이 없어요."

"앞으로는 다를 겁니다."

"……?"

"머지않아 모든 것이 바뀔 겁니다. 그들은 부주의 발아래 무릎을 꿇고 목숨을 구걸하게 될 겁니다. 그들이 죽고 사는 건 오직 부주의 손에 달리게 될 겁니다."

독고설란은 뼛속까지 파고드는 한기를 느꼈다.

살극달의 한마디 한마디가 어쩐지 예사롭게 들리지 않았다. 그는 마치 인간의 비밀을 꿰뚫고, 마침내는 그 모든 것을 초월해 허공에 떠 있는 것 같았다.

그때쯤 장자이를 잡으러 갔던 매상옥이 시뻘게진 얼굴로 털레털레 돌아왔다. 입에서는 '이년 저년' 하는 소리가 끊이지 않고 흘러나오는 걸로 보아 이번에도 놓친 게 분명했다.

매상옥은 살극달의 옆에 놓인 술병을 거칠게 집어 들고는 숨도 쉬지 않고 벌컥벌컥 마셔댔다. 이윽고 그가 술병을 입에서 떼며 말했다.

"빌어먹을 년!"

"또 놓쳤어?"

"하, 얼마나 신출귀몰한지, 나도 경공이라면 어디 가서 뒷줄에 서는 사람이 아닌데. 하아……."

매상옥은 애석해 죽겠다는 듯 장탄식을 연달아 쏟아냈다. 그러다 갑자기 술지게미가 묻은 얼굴을 살극달에게 바짝 들이대며 물었다.

"살 형, 차라리 우리가 해독제를 만듭시다."

"안 돼."

"약재라면 걱정하지 마시오. 이름만 쭉 불러주면 내가 귀양부를 다 뒤져서라도 오늘 중으로 대령하리다."
"안 돼."
"안 될 건 또 뭐 있소. 제조법도 알겠다, 약재도 있겠다, 그걸 만들 사람도 있겠다. 당장 만듭시다, 당장."
"안 돼!"
"거 자꾸 안 된다고만 하지 말고 이유를 말해보시오!"
참다못한 매상옥이 버럭 소리를 질렀다.
"만들 줄 몰라."
잠시 쥐 죽은 듯한 침묵이 흘렀다.
그 침묵의 끝에 매상옥은 새끼손가락으로 자신의 귓구멍을 빙 둘러 후빈 다음 다시 물었다.
"방금 뭐라고 그랬소?"
"알아들었잖아."
"그땐 분명 안다고 하지 않았소?"
"공갈이야."
"이런 제기랄!"
매상옥이 벌떡 일어났다. 그러고는 금방이라도 쌍겸을 뽑아 들 것 같은 얼굴로 말을 씹어 뱉었다.
"지금 장난하자는 거요!"
"널 속인 게 아냐. 장자이를 속인 거지. 왜 그랬는지는 너도 잘 알 텐데?"

"그건……."

매상옥은 한순간 꿀 먹은 벙어리가 됐다.

따지고 보면 장자이를 속여 해독제를 내놓게 하기 위함이었지, 매상옥에게 사기를 쳐 부려먹으려 했던 건 아니다.

"귀띔이라도 해주었으면 좋잖소!"

"그랬으면 넌 죽자 사자 장자이를 잡으러 다녔겠지. 장자이는 더욱 멀리 달아나고 말이야."

"그러면 그년을 꼬여내기라도 해야잖소."

"내가 방금 해준 게 뭔 것 같아?"

"그건……!"

"기껏 유인해 줬더니 칠칠하지 못하게 놓치기나 하고 말이야."

"그건 그년이 워낙 빨라서……."

"됐고, 자미원이나 잘 지키고 있어. 장자이는 반드시 다시 올 테니까."

"무슨 근거로 그런 말을 하는 게요?"

"자하삼보가 자미원에 있다고 생각하거든."

"자하삼보? 그게 뭐요?"

"나도 몰라. 신투들 사이에서 은밀히 떠도는 자하부의 보물이라는 것밖에는."

第四章
자하부를 움직이는 일곱 개의 손

비룡잠호
秘龍潛胡

 사람들의 관심이란 대개 어떤 사건보다는 그 사건의 배경, 그리고 그 배경의 중심에 있는 인물을 향하게 마련이다. 덕분에 강호에 떠도는 얘기는 대부분 사건으로 시작해 인물로 끝난다.
 자하부를 움직인다는 일곱 개의 손에 관한 이야기도 그런 것들 중 하나였다.
 그 일곱 사람을 하나하나 뜯어보자면 이렇다.
 첫 번째는 부주였다.
 지금은 이름만 남은 껍데기에 불과하지만 뇌정신군이 살아 있을 당시만 해도 부주는 확실히 첫 번째 자리에 놓을 만했다.
 두 번째와 세 번째는 이원로다.
 죽림에 은거한 지 십 년이 넘었지만, 또한 자하부에서 일어나는 모든 일에 관여하지 않고 있지만, 일단 그들이 반대하고 나선다면 그 어떤 일도 진행할 수가 없다. 단지 존재하는 것만으로도 엄청난 영향을 주는 사람들이 바로 이원로다.
 네 번째와 다섯 번째, 여섯 번째는 삼뇌다.
 일선, 일불, 일개로 이루어진 삼뇌는 명실공히 자하부 최고의 두뇌들이었다. 그들의 한마디에 자하부의 대소사가 결정되었고, 그들의 한마디에 그 모든 것이 백지화되기도 했다.
 적어도 노룡이 등장하기 전까진 그랬다.
 그리고 마지막 일곱 번째는 천하를 보는 눈과 귀를 가졌다는 비각의 각주도, 권좌를 놓고 싸우는 중인 오성군도 아니었다.
 일곱 번째 인물은 놀랍게도 궁즉통(窮則通)이라는 괴이한 별호의 인사였다. 아마도 궁하면 통한다는 주역의 괘사에서 따온 듯한데 말인즉슨, 자하부에서 그를 통하면 못할 일이 없다는 것이다.
 그래서 사람들은 자하부를 움직이는 일에 관한 한 궁즉통을 비각의 각주나 오성군보다 윗줄에 놓기를 주저하지 않았다.

만물전(万物廛)은 네모난 벽체에 멋대가리없는 지붕만 덩그러니 올린 건물 대여섯 개가 벌집처럼 모여 있는 곳이었다.

자하부에서 필요한 모든 물건은 일단 여기에 모인 다음 선별과 분류 작업을 거쳐 육당 사십구 각으로 보내진다.

일종의 집하장 겸 창고 겸 보급소인 셈이다.

범부들의 시각으로 보면 일체의 생산적인 활동 없이 오직 무공만 수련하며 놀고먹는 인사가 자하부에만 천여 명이다.

흉년에 굶어 죽는 사람들이 속출하는 와중에도 그들이 입고 먹는 것은 호사스러웠다. 자하부의 무인 천 명은 양민 오천 명 몫은 충분히 하고도 남는다.

그런 연유로 만물전은 물건을 가져온 사람과 흥정을 하는 사람, 다시 그것을 가지러 온 자하부의 사람들로 제법 북적거렸다.

콧잔등에 황제사마귀를 붙인 사내가 사람들을 비집고 작은 전각으로 들어갔다.

세월의 흔적이 곳곳에 묻어나는 작고 소담한 방 안에 한 사람이 앉아 있었다.

철산판(鐵算板:주판)을 놓고 열심히 튕겨가며 장부에 무언가를 기록하고 있던 오십 줄의 초로인이 고개를 들었다. 깊게 파인 인중엔 심술이 가득 고였고, 턱밑에 달린 한 줌의 염소수염엔 꼬장꼬장함이 주렁주렁 매달려 있었다.

자하부를 움직이는 일곱 개의 손 중 하나이자 만물전의 전주 궁즉통이었다.

 황제사마귀가 반사적으로 허리를 구부리고는 파리처럼 손을 싹싹 비볐다.

"그간 강녕하셨습니까, 어르신?"

"바쁘니까 용건만 말하게."

 궁즉통이 다시 고개를 숙여 철산판을 놓으며 퉁명스럽게 내뱉었다.

"전주님 바쁘신 거야 귀양부 사람들이 다 알죠. 워낙에 많은 품목을 취급하시니."

"그걸 아는 사람이 그래?"

 궁즉통이 고개를 숙인 상태에서 눈만 위로 치켜떴다.

"사정 좀 봐주십쇼. 남해에 해적들이 기승을 부리는 통에 어로를 할 수가 없습니다. 그래도 이번에 가져온 사시(鯊翅:상어지느러미)는 특별히 꼬리 부분만 따로 채취한 것으로 껍질이 얇고 육질이 부드러워 제법 상품이라고 할 수 있습니다."

"늙고 질긴 놈으로만 가져온 걸 내 다 아는데 감히 어디서 수작질이야. 도로 가져가."

"기껏 잡아온 놈을 그냥 가져가라시면 어쩝니까. 빡빡하게 굴지 마시고 사정 좀 봐주십시오."

"사시 요리는 이공자께서만 특별히 즐기는 요리일세. 이공자의 입에 들어갈 물건을 함부로 받았다간 내 목이 먼저 달아나. 잔말 말고 썩 가져가게."

거듭되는 면박에도 불구하고 사내는 하나도 걱정하는 기색이 아니었다. 그는 습관적으로 방 안을 한 번 쓰윽 둘러본 후 품속에서 종이로 싼 납작한 물건 하나를 탁자 위에 올려놓았다.

"뭔가?"

궁즉통이 실눈을 뜨고 물었다.

"이번 출항에는 하늘이 닿았는지 그 귀하다는 청상아리를 한 마리 잡았지요. 새끼인지라 무게는 몇 근 안 나가지만 등지느러미에서부터 시작해 가슴지느러미를 거쳐 꼬리지느러미까지 빼놓지 않고 한 마리를 통으로 쫙 떠왔습니다. 전주님도 맛 좀 보시라고요."

사내가 말을 하며 종이로 싼 사시를 슬그머니 궁즉통 앞으로 밀어놓았다.

"성의를 보여서가 아니야. 내 그동안 자네와 쌓은 정을 차마 내치지 못해서 넘어가는 거야. 다음에도 내 얼굴을 깎으면 그땐 정말 거래 끝이네."

"여부가 있겠습니까요."

궁즉통이 굽실거리는 사내를 향해 은전 꾸러미 하나를 툭 던졌다. 잽싸게 전낭을 챙겨 든 사내는 허리가 부러져라 인사를 하고 돌아갔다.

그가 사라지자 궁즉통은 종이를 펼쳐 보았다.

꾸덕꾸덕하게 말린 청상아리 지느러미가 모두 여섯 미. 확실히 한 마리를 통으로 떠온 게 틀림없었다. 궁즉통은 흡족한 표정으로 냄새를 맡아 보았다. 살짝 군내가 도는 가운데 알싸한 것이 확실히 상품이었다.

이공자가 사시 요리를 즐긴다지만 정작 극상품은 만물전의 전주인 궁즉통의 입으로 사라져 버린다는 걸 아는 사람은 아무도 없을 것이다.

적어도 먹는 것에 관한 한 궁즉통은 자하부의 누구보다도 호사를 누렸다.

그때 문이 발칵 열리며 한 사람이 다급하게 들어왔다. 두어 달 전에 수문각주로 발령이 난 하상도였다. 궁즉통은 사시를 후다닥 싸서 탁자 옆으로 내려놓았다. 그리고 시치미를 뚝 떼며 물었다.

"하 각주가 여긴 어쩐 일인가?"

"용연(龍涎)이 들어왔다는 게 사실입니까?"

용연은 향유고래의 토사물에서 추출한 향으로 부르는 게 값일 정도로 귀했다.

"그러네만."

"그거 얼마짜리지요?"

"여러 손을 거치느라 대략 천 냥 정도가 들어갔지. 한데 그건 왜 묻는가?"

"그거 저한테 좀 넘기시지요."

"어림없는 소리 말게. 백호당주께서 오래전부터 내게 부탁한 물건일세. 설마하니 백호당주의 물건에 손 대려는 건 아니겠지?"

"사정 좀 봐주십시오. 실은 제가 지난달에 뒷돈을 좀 만지다가 발각되어 그만 목이 달아나게 생겼습니다."

"얼마나 후렸기에?"

"일만 냥입니다."

"일만 냥? 수문각주가 된 지 얼마나 됐다고……."

"액수도 액수지만 그게 그만 소문이 나서 윗전이 아주 곤란한 입장에 처했습니다. 그 바람에 조만간 제 목을 칠 것 같습니다."

"작작 하게. 뒷돈이란 모름지기 목구멍에 기름칠할 정도로만 적당히 해먹어야 하는 법. 한꺼번에 큰 놈을 삼키려 했다간 반드시 목구멍에 걸리게 되어 있어."

"앞으로는 꼭 명심하겠습니다. 그러니 이번만 저 좀 도와주십시오."

"한데, 용연은 가져다 뭘 하려고?"

"마침 당주께서 아끼는 애첩이 용연을 좋아한다고 하니 그년이라도 찾아가 구명을 좀 해볼까 합니다. 도와주십시오. 전주님의 수완이면 충분히 가능하다는 걸 압니다."

"듣고 보니 사정이 참 딱하군."

"자, 여기 천 냥입니다."

궁즉통이 한발 물러나는 걸 확인한 하상도가 재빨리 전표를 탁자 위에 올려놓았다.

하지만 궁즉통은 엄지와 검지를 은전 크기로 말아 턱수염을 가만히 쓸어내렸다. 뒷돈을 좀 달라는 소리다.

하상도가 머뭇머뭇하더니 품속에서 전낭 하나를 더 꺼내 궁즉통에게 건네주었다. 궁즉통은 전낭을 집어 들고 공중으로 두어 번 던졌다 받은 후 말했다.

"일만 냥이나 받아 처먹었다면서 그 돈은 다 어쩌고 겨우 이백 냥인가?"

전낭의 부피와 무게만으로도 돈의 액수를 정확히 때려잡는 신기에 하상도는 눈이 휘둥그레졌다. 그에 비하면 자신은 아직 멀었다는 생각이 들었다.

"청향루가 기녀들을 싹 물갈이했는데 다들 어찌나 어여쁜지……."

"쯧쯧쯧. 수문각주면 요직 중의 요직인데, 노후를 생각해서라도 좋은 자리에 있을 때 한밑천 장만해 놓을 생각을 해야지 그렇게 들어오는 족족 펑펑 쓰면 쓰나."

"늙어서 재물이 많으면 뭘 합니까. 몽둥이가 조금이라도 빳빳할 때 실컷 휘둘러야지요."

"허접스런 인사 같으니라고. 쯧쯧쯧."

궁즉통은 연거푸 혀를 끌끌 차고는 말을 이었다.

"어쨌든 용연은 백호당주가 미리 말해둔 것일세. 그런 사람의 물건을 빼돌리려면 여러 사람의 손을 거쳐야 해. 입막음도 해야 하고. 그 정도는 알지?"

"살려주십시오."

하상도가 거듭 머리를 조아렸다.

"이렇게 함세."

"어떻게 말입니까?"

"자하부에 고기를 대는 송가 놈 알지?"

"그 산도적같이 생긴 백정 놈 말입니까?"

"그래. 그 친구에게 아들놈이 하나 있는데 생긴 것도 우락부락한데다 백정 놈의 자식이라고 여자들이 통 만나주질 않는다는군. 해서 송가 놈이 자하부에 자리 하나를 부탁해 왔네. 알다시피 자하부의 무사들은 여자들에게 꽤 인기가 있거든."

"알다마다요. 제가 그래서 자하부의 무사가 되었잖습니까. 한데 그놈 얘기는 왜 하시는 겁니까?"

"이렇게 눈치가 깜깜해서야 원. 그동안 어떻게 해먹었누."

"저는 아직도 배울 게 많은 것 같습니다."

하상도가 뒤통수를 벅벅 긁었다.

"각설하고, 수문각에 자리 하나 만들어보게. 심부름을 시켜도 좋고 번을 세워도 좋고. 아무거나 시켜도 좋으니 말단 무사 자리 하나 만들어봐. 그 정도는 할 수 있지?"

'능구렁이 같으니라고. 나랑 송가 놈에게서 이중으로 돈을 받아 처먹을 생각이었군.'

"물론입죠. 제게 보내라고 하십시오."

하상도가 고개를 끄덕이며 말했다.

궁즉통은 바깥을 향해 한 사람을 불렀다. 잠시 후 한 사내가 들어오자 궁즉통이 말했다.

"용연 들어온 것 있지? 그거 이 친구에게 줘."

"전주, 그건 백호당주께서 특별히 말씀하신……."

"백호당주가 가끔 처소로 불러들인다는 시비가 애향이지?"

"그렇습죠."

"고년이 나한테 신세진 일이 한 번 있어. 고년한테 가서 엿새만 시간을 벌어보라고 해."

"알겠습니다."

사내가 꾸벅 인사를 하고는 돌아섰다.

"뭘 하나. 따라가 보게."

궁즉통이 하상도에게 말했다.

하상도는 그제야 살았다는 듯 가슴을 쓸어내리며 사내를 따라갔다. 복잡하게 꼬인 세 가지의 일을 앉은 자리에서 간단하게 해치운 궁즉통은 회심의 미소를 지었다.

그러고는 잠시 주변을 살펴본 후 주머니에서 열쇠를 꺼내 시커먼 장궤(長櫃)의 자물통에 쑤셨다. '철컹' 하는 소리와 함께 장궤의 뚜껑이 활짝 열렸다.

궁즉통은 우선 하상도에게서 받은 전낭을 장궤에 넣은 후

너덜너덜한 장부 하나를 장궤에서 꺼내 탁자 위에 올려놓고 무언가를 깨알같이 적기 시작했다.

그때였다.

"수완이 좋소."

갑작스럽게 들려온 목소리에 궁즉통은 돌아설 생각도 못하고 황급히 장부를 품속에 쑤셔 넣었다.

그리고 문 쪽을 향해 물었다.

"웬 놈이냐!"

"여기요, 여기."

목소리는 뒤에서 들렸다.

궁즉통이 천천히 돌아섰을 때 낯선 사내 하나가 팔짱을 낀 채 장궤를 깔고 앉아 있었다.

"어, 언제……?"

소스라치게 놀란 궁즉통은 의자에서 벌떡 일어나며 사내와 대치했다. 그리고 비로소 사내를 똑바로 보기 시작했다.

낡은 마의에 머리카락은 거칠게 틀어 묶었고, 얼굴은 볕에 그을려 시커먼데다 눈동자는 사납게 이글거리는 것이 짐승이 따로 없었다.

게다가 요대 사이에는 어슬어슬 녹슨 박도 한 자루를 푹 찔러 넣었는데 아무리 봐도 요상한 놈이었다.

어찌 보면 시정잡배 같기도 하고 어찌 보면 세상사에 초탈한 괴짜 같기도 하고.

"여긴 어떻게 들어왔지? 네놈은 누구냐?"

"자미원에서 온 살극달이오."

자미원에서 왔다는 말에 궁즉통의 눈매가 실처럼 가늘어졌다. 살극달에 대해 이미 알고 있다는 뜻이다. 청와각에서 그 소란을 피웠으니 무리도 아니었다.

"무슨 용건인지 모르나……."

"자미원으로 식재료 좀 보내주시오. 부주께서 좋아하시는 걸로다가."

"그런 거라면 굳이……."

"오늘 밤, 시간 좀 있소?"

"……."

"자시, 흑림의 서쪽 호숫가에서 만납시다."

"꿈도 꾸지 마시오. 난 당신과 볼일이 없소."

"안 나오면 매일 찾아올 거요. 한 번쯤은 슬쩍 사람들 눈에 띄기도 하고."

살극달이 만물전주의 처소를 들락거린다는 걸 알면 사람들은 만물전주가 자미원과 내통한다고 여길 것이다.

그렇게 되면 일공자와 이공자의 눈 밖에 날 것이고, 궁즉통의 목숨은 살얼음판을 걷는 것처럼 위태로워질 수밖에 없었다.

"그깟 꼼수로 나를 움직일 수 있을 거로 생각하면 큰 오산이오. 내가 누군지 모르나 본데……."

"절강성 온주현 출신. 이십여 년 전 장강이 범람해 강남의 들판을 휩쓸던 당시 처자식을 이끌고 자하부를 찾아와 무작정 살려달라고 애걸. 때마침 아내를 잃고 독고설란을 홀로 키우던 뇌정신군은 같은 아비의 심정으로 당신을 안타깝게 여겨 가솔로 거두었지. 하지만 일 년 후 처자식이 병으로 죽자 당신은 홀로 자하부에 남았고, 그때부턴 타고난 처세술과 뛰어난 언변으로 사람들의 신망을 얻는 한편 재물에 광적인 집착을 보이며 돈을 끌어 모았지. 그 세월이 이십 년이니 물 좋은 곳에 장원 한 채는 너끈히 사놓았겠군."

"……!"

궁즉통의 얼굴이 노래졌다.

"내 생각이 틀리지 않았다면 이십 년 전 당신은 분명 뇌정신군의 아내가 독고설란을 낳다가 죽었다는 걸 알고 찾아왔을 거요. 그렇지 않소?"

세상에는 특출 난 사람들이 있다.

삼뇌처럼 두뇌가 뛰어난 사람도 많고, 오성군처럼 무재가 뛰어나 그 위치까지 간 사람도 많다.

그런 사람들을 세상은 천재라고 부른다.

공평하게도 세상의 천재는 어느 한 분야에만 존재하지 않는다. 지략이면 지략, 무공이면 무공, 계집질이면 계집질, 하다못해 걸개들 사이에도 천재적으로 구걸을 하는 거지가 있다.

궁즉통의 경우에는 사소한 권력이지만 그것을 간절히 필요로 하는 사람을 정확히 찾아내 돈으로 바꾸는, 말하자면 뒷거래에 타고난 재능이 있었다.

그도 처음엔 자신에게 그런 재주가 있는 줄 몰랐다. 어쩌다 보니 만물전에서 일을 하게 되었고, 어쩌다 보니 자하부의 돌아가는 사정을 환히 꿰게 되었다. 그러다 그는 그게 힘이 된다는 걸 깨달았고, 다시 그걸 돈으로 이용할 줄도 알게 되었다.

그리고 이십 년이 흐른 지금, 그는 궁즉통으로 불리며 자하부를 움직이는 일곱 개의 손 중 하나가 되었다.

살극달의 긴 말에 궁즉통은 긴장했다.

이 정도로 자신의 뒤를 캤다면 단순히 한번 툭 찔러보는 말이 아닌 것이다.

'잘못 말려들면 죽는다.'

목숨의 위협을 느낀 궁즉통은 이쯤에서 확실히 매듭을 지어야겠다고 생각했다. 그는 진작부터 등 뒤로 가져다 놓은 손으로 철산판(鐵算板)을 슬며시 쥐어갔다.

그 순간,

피피핑!

강철을 갈아 만든 산판알 세 개가 콩 볶는 소리를 내며 살극달을 향해 날아갔다. 손바닥 두께의 송판 다섯 장을 관통하는 이 공부의 이름은 십조유성탄(十組流星彈). 극성에 이르면

각 일 조 열 개씩 도합 백 개의 산판알이 각기 다른 방향으로 날아가 적진을 초토화시킨다는 데서 유래한 이름이었다.

하지만 산판알은 '투투툭' 소리와 함께 가볍게 들어 올린 살극달의 손바닥에 모두 파묻혀 버렸다.

"……!"

궁즉통은 뜨악했다.

이렇게 가까운 거리에서, 칠성의 공력이 담긴 암기를 맨손으로, 그것도 파리를 잡듯 가볍게 낚아채다니.

살극달이 쓰윽 몸을 일으켰다.

놀란 궁즉통이 본능적으로 뒷걸음질을 쳤지만, 탁자에 가로막혀 움직이질 못했다.

살극달은 얼어붙은 궁즉통에게 다가가 착 가라앉은 목소리로 말했다.

"나는 지금 당신에게 기회를 주고 있는 거요. 살 수 있는 마지막 기회. 내 말 흘려듣지 마시오."

말을 끝낸 살극달이 허공을 향해 손을 가볍게 뿌렸다.

파파팡!

날카로운 파공성과 함께 그의 손안에 있던 강철 산판알이 천장의 대들보 여기저기를 뚫었다. 단순히 박힌 것이 아니라 몸통만 한 대들보를 관통해 천장의 흙 면에 박힌 것이다.

상상도 할 수 없는 신기에 궁즉통은 사색이 되었다. 그때 바깥에서 소란이 일더니 수하 몇 명이 달려와 문 앞에서 물었다.

"전주! 무슨 일입니까?"

"아무 일 없다."

"무슨 소리가 들렸는데……."

"더우니까 말 시키지 말고 썩 꺼져!"

"알겠습니다."

수하들이 저만치 사라지는 소리가 들렸다.

궁즉통이 다시 돌아섰을 때 살극달은 이미 사라지고 없었다. 혹시나 환영술을 펼치는가 싶어 등촉에 불을 환하게 밝히고 곳곳을 비춰보았지만 은신의 흔적은 없었다.

연기처럼 증발해 버린 것이다.

궁즉통은 그야말로 귀신에 씐 것처럼 정신이 몽롱해졌다. 그는 오늘 온종일 방 안에만 틀어박혀 있었다. 한데 놈은 어떻게 들어왔으며 어디로 나갔을까?

그는 여전히 얼얼한 상태에서 대들보에 생긴 세 개의 구멍을 보았다. 백조유성탄을 수련한 지 어언 이십 년. 이만하면 암기에 관한 한 자하부에서 자신을 능가할 사람은 몇 없다고 생각했다.

하지만 자신은 절대 저렇게 할 수 없었다.

앞으로 십 년을 더 수련해도 불가능할 것이다.

일공자나 이공자는 저렇게 할 수 있을까?

아마 어려울 것이다.

궁즉통은 혼란에 휩싸였다.

오늘의 지위는 처세술만으로 이룰 수 있는 게 아니었다. 그건 시류를 보는 정확한 눈과 사람을 보는 뛰어난 안목이 있었기에 가능한 일이었다. 그건 이성의 영역으로는 설명할 수 없는, 타고난 감과 후천적으로 개발한 직관에 의한 것이었다.

하지만 그는 살극달을 전혀 예측할 수가 없었다.

도깨비처럼 느닷없이 나타나 귀신처럼 사라진 사람을 무슨 수로 측량할 것인가. 하지만 한 가지는 분명했다.

'예사롭지 않은 놈이다.'

그때 궁즉통은 뭔가 허전함을 느꼈다.

불길한 예감에 얼굴이 하얗게 질린 그는 재빨리 가슴을 더듬었다.

없다.

십 년 넘게 온갖 뒷거래 내역을 기록해 온 비밀 장부가 귀신같이 사라졌다. 항상 장궤 속에 넣고 자물쇠로 단단히 채워 놓다가 조금 전 잠깐 품속에 쑤셔 넣었던 건데.

"이런……!"

자하부를 나온 살극달은 저자를 걷고 있었다.

아까부터 한 놈이 계속해서 살극달의 뒤를 밟고 있었다. 때론 나무가 되고, 때론 바람이 되고, 때론 사람이 되어 일정한 간격으로 따라붙는 것이 고도의 훈련을 받은 자임이 분명했다.

놈을 만난 건 그야말로 우연이었다.

객점 앞을 지나던 중 한 놈이 막 문을 나섰는데, 그때 살극달을 본 놈의 눈동자가 반짝였다. 놈이 살극달을 알아본 것이다. 살극달 역시 놈을 알아보았다.

살극달은 스치듯 만난 사람이라도 한 번 본 사람은 절대 잊지 않는 가공할 기억력을 지니고 있었다. 타고난 재주는 아니고, 천축에서 만난 어느 밀승으로부터 배운 후천적 술법에 의한 재주였다.

원리는 간단하다.

무언가 낯이 익다고 판단되면 스스로에게 최면을 걸어 무의식 속에 잠재된 기억을 끄집어내는 것이다.

놈은 표길량의 수하였다.

혈랑대의 대원 중 하나로 살극달은 몰랐지만 모종의 일로 저자로 나왔다가 요기를 하고 돌아가던 중 우연히 살극달을 발견한 것이다.

그때부터 놈은 살극달의 뒤를 밟았다.

저자는 사람들로 붐볐다.

살극달은 모르는 척 인파 속으로 흘러들어 갔다. 그리고 일다경이 흐른 후 인적이 드문 어느 골목길을 걷고 있었다.

똥땅거리는 소리를 따라 걸은 지 한참, 숯을 산더미처럼 쌓아놓은 가운데 화로를 시뻘겋게 달군 대장간이 나타났다.

그곳에 노인 하나가 모루에 검을 올려놓고 망치질을 하고 있었다. 그는 살극달의 등장에도 불구하고 눈길 한번 주는 법이 없었다.

"칼 좀 불려주시오."

살극달이 말했다.

"거기 두고 가시오."

노인은 여전히 망치질을 하며 말했다.

"녹만 벗기면 되오."

"급하면 거기 숫돌이 있으니 직접 갈든지."

"숫돌로 갈 수 있는 칼이 아니오."

그 한마디에 노인이 망치질을 멈추고 살극달을 돌아보았다. 칠순의 나이에도 불구하고 몸은 근육으로 뭉쳤고, 살갖은 구릿빛으로 이글거렸다. 거기에 송충이 같은 눈썹과 깊고 검은 눈동자까지 어우러져 무척이나 강인한 인상을 주었다.

한눈에 보기에도 타고난 무장의 상이었다.

"성가신 손님이로군."

노인이 투덜거리며 망치를 놓고 다가왔다.

살극달이 엉덩이에 매달려 대롱거리는 박도를 떼어다 노인에게 주었다. 거칠고 투박한 손으로 박도를 받아 든 노인은 도신을 햇볕에 이리저리 비춰보더니 눈동자에서 이채를

자하부를 움직이는 일곱 개의 손

띠었다.

그가 손가락으로 도신을 가볍게 튕겼다.

지잉……!

맑은 금속성이 한참이나 이어졌다.

금속성이 잦아들 무렵 노인이 살극달을 돌아보며 물었다. 눈동자에선 이제 횃불이 이글거리고 있었다.

"예사 물건이 아니군."

"불려주겠소?"

노인은 살극달에게 거침없이 칼을 돌려주며 말했다.

"일개 대장장이 따위가 다룰 수 있는 물건이 아니오. 가져가시오."

"대장간이 여기 있는데 어딜 가져가란 말이오?"

"하기 싫어서 하는 말이 아니오. 이건 평범한 화로로 불릴 수 있는 금속이 아니오. 주인이 어찌 그걸 모른단……."

거기까지 말을 하던 노인이 갑자기 눈동자를 빛내고 다시 말했다.

"칼을 불리려고 온 게 아니군."

노인은 한참이나 살극달을 노려보더니 화로에 칼을 쑤셔 넣고는 그것이 달아오르는 동안 의자에 앉아 기다렸다. 살극달 역시 멀지 않은 곳에 자리를 잡고 앉았다.

"저 칼은 어디서 얻었소?"

"세상의 끝에서 만난 이민족에게서 얻었소."

"세상의 끝?"

"해가 여섯 달이나 지지 않은 동토였는데, 팔 척 장신에 뿔 달린 투구를 쓰고 백 근이 넘는 도끼를 작대기처럼 휘두르는 사람들이 삽디다. 적을 치러 갈 때는 자신들이 타고 온 배를 어깨에 짊어지고 산을 넘는 괴물들이었지. 칼은 그들에게서 얻은 금속으로 만들었소."

노인이 침잠한 표정으로 물었다.

"이름이 무엇이오?"

"살극달이오."

"처음 듣는 이름이군."

"자미원에서 부주를 보필하고 있소."

자미원에서 왔다는 말에 노인의 눈썹이 사납게 꺾였다. 극도로 경계하는 기색이 역력했다.

"당신은 누구요?"

"죽은 혈귀대주가 내 동생이오."

"······!"

"더 궁금한 게 있으면 오늘 밤 자시 흑림 서쪽에 있는 호숫가로 나오시오."

살극달은 자리에서 일어났다.

그리고 화로 속에 쑤셔 넣은 칼을 뽑아 모루에 두어 번 땅땅 두들겨 녹을 떨어내고는 돌연 대장간 한쪽의 나무 벽을 향해 찔렀다.

"크읍!"

 고통에 찬 신음과 함께 칼이 칙칙 소리를 내며 식었다. 잠시 후 칼을 뽑자 벌어진 나무 틈새로 붉은 핏물이 흥건하게 흘러내렸다.

 줄곧 살극달을 따라붙던 그림자의 피였다.

 사람의 뱃속에서 칼을 식힌 살극달은 바깥으로 휘둘러 핏물을 떨어낸 후 요대 사이에 대충 찔러 놓고는 대장간을 나섰다.

 "뒤처리를 부탁하오."

 더 이상의 대화는 필요없었다.

 멀어져 가는 살극달을 바라보며 전 수문각주 이자담은 상념에 잠겼다.

 그는 오성군이 태어나기도 전부터 자하부에서 잔뼈가 굵은 뇌정신군의 충복이었다. 뇌정신군이 죽은 지금은 오성군의 입김에 자하부에서 쫓겨나 일개 대장장이로 근근이 살아가고 있지만, 신분이 몰락했다고 해서 과거의 괄괄한 성미까지 죽은 것은 아니었다.

 '혈귀대주의 형이라고……?'

 이자담은 핏물이 철철 흘러내리는 나무 벽을 향해 좌장을 뻗었다.

 쾅!

 굉음과 함께 두꺼운 나무판자가 사방으로 튀었다. 그 사이로 청의 무복을 입은 시체 하나가 나타나더니 앞으로 고꾸라졌다.

"이공자의 개로군."

시체에 난 검흔을 바라보던 이자담의 동공이 화등잔만 하게 커졌다. 칼은 한 치의 오차도 없이 정확하게 기해혈(氣海穴)을 관통하고 있었다.

첩자는 죽기 전 뱃속이 용암처럼 끓는 고통을 느꼈을 것이다. 하지만 놈의 고통이 중요한 게 아니었다.

'보이지도 않는데 어떻게……!'

"놈이 자미원을 나왔다고?"
"그렇습니다."
"그런데 놓쳤다고?"
"그렇습니다."
"두 시진 동안 찾아다녔는데 아직도 행방을 모르겠다고?"
"그렇… 습니다."
퍼억!
막수혼의 일장에 혈랑대 구조 조장 여제문은 가랑잎처럼 날아가 벽면에 부딪쳤다. 며칠 전 삼공자 엽사담에게 당한 상처가 낫기도 전에 또다시 당한 일격에 그는 검붉은 피가 목구명을 타고 올라오는 것을 느꼈다.
 하지만 이곳은 그가 주공으로 모시는 이공자의 처소. 함부로 더럽혔다가는 그 죄를 죽음으로 치러야 할지도 몰랐다. 더구나 지금 이공자는 이성이 마비된 상태였다.
 여제문은 피를 꿀떡 삼키고는 벌떡 일어나 이공자의 앞으로 다가가 부복을 했다.
 "죽여주십시오."
 "그렇게 쉽게 죽일 생각이었다면 손속에 사정을 두지도 않았다."
 "감사합니다."
 "장자인지 뭔지 하는 계집년은 어떻게 됐어?"
 "그것이……."
 "말꼬리 흐리는 걸 내가 제일 싫어한다는 걸 알 텐데?"
 "아직 찾지 못했습니다."
 "정문으로 나간 놈도 찾지 못했다, 일백 명이 펼치는 구금환새진(拘禁環塞陣)을 제 마음대로 들락거리는 계집도 찾지 못했다. 그러고도 밥은 목구멍으로 들어간단 말이지."
 구금환새진은 혈랑대가 자미원을 둘러싸면서 펼치고 있는 진법의 이름이었다. 본시 군문의 주둔지에서 장군의 막사를 지키기 위해 만들어진 이 진법의 시초는 사십 명이 동서남북을 나뉘어 지키고 나머지 육십 명이 그들과 번초를 교대하며 효율을 높이는, 별 특별할 것이 없는 그런 진법이었다.

하지만 거기에 삼뇌가 몇 가지 재주를 부렸고, 진법을 펼치는 사람들이 어중이떠중이 군졸이 아닌 혈랑대라는 고수로 바뀌면서 평범했던 진 역시도 절세의 진으로 바뀌었다.

구금환새진은 진의 축이 한곳에 고정되지 않고 유동적으로 흐르면서 개미 새끼 한 마리도 통과할 수 없을 만큼 촘촘한 그물이었다.

공격의 공능은 전무하다시피 했지만 침투하는 적을 발견하는 데는 구금환새진만큼 뛰어난 것이 없었다.

한데 희한한 계집 하나가 구금환새진을 뚫고 자미원에 침투한 것이다. 누군지도 모른다. 이유도 모른다. 그저 천추루로 들어가더니 잠시 후 매상옥인지 뭔지 하는 낫쟁이 뚱보와 툭탁거리다가 도망갔다는 게 혈랑대가 아는 전부였다.

이 중차대한 시국에 수하들의 연속되는 실수를 보고받자 막수혼은 온몸의 피가 끓어오르는 것 같았다. 이제 거의 다 왔는데, 자칫하면 한 방에 무너질 수가 있는 것이다.

막수혼의 눈동자가 착 가라앉는 것을 본 여제문은 등골이 서늘해졌다. 막수혼이 말했다.

"내가 왜 네놈을 두드렸는지 알겠느냐?"

"무관에서 저지른 속하의 실수 때문입니다."

"맞아. 넌 분명 삼류 잡배들만을 골라서 뽑았다고 했다. 한데 네놈의 눈에는 아직도 그들이 삼류 잡배로 보이느냐?"

"죄송합니다."

"살극달인지 뭔지 하는 놈은 그렇다고 쳐. 한데 그 계집이 구금환새진을 뚫은 건 간단한 일이 아니야. 만약 그년이 일사형의 사주를 받고 사매를 노리는 자객이라면 어쩔 거야?"

"기필코 그년을 잡아서 대령하겠습니다."

"그년을 잡는 게 중요한 게 아니야. 혈랑대가 뚫렸고, 그로 말미암아 내가 더 이상 네놈들을 신뢰하지 않게 되었다는 게 문제지."

"주공! 다시 한 번 기회를……."

여제문의 어깨가 미세하게 떨리고 있었다.

혈랑대주 표길량을 제외하면 여제문이 사실상 혈랑대에서의 이인자였다. 표길량이 자미원을 감시하는 일로 발을 떼지 못하자 여제문이 대신 온 것인데, 그 때문에 그는 지금 표길량에게 떨어져야 할 호통까지 함께 듣고 있었다.

막수혼은 결코 실수를 용납하지 않는 위인이었다. 그걸 너무나 잘 아는 여제문은 어쩜 피를 봐야 할지도 모른다는 불길한 예감이 들었다.

그의 예감은 적중했다.

"계집이 도망간 게 서쪽 숲이라고 그랬지?"

"그렇습니다."

"그때 서쪽 숲을 지키던 조가 몇 조지?"

"칠조입니다."

"칠조장 도계목의 목을 잘라라."

"주공!"

"아니면 네놈의 목을 내놓든지, 그도 아니면 표 대주의 팔 하나를 갖고 오든지."

여제문은 어깨를 부르르 떨다가 간신히 대답했다.

"명을… 따르겠습니다."

"보기 싫으니 썩 꺼져!"

여제문이 천천히 일어나 바깥으로 나갔다.

그가 사라지자 막수혼이 고개를 꺾으며 중얼거렸다.

"식충이들 같으니라고."

그는 다시 앞을 돌아보며 물었다.

"어떻게들 생각하시오?"

막수혼과 탁자를 가운데 두고 맞은편에 앉은 세 명의 노인이 눈을 지그시 감았다.

일선, 일불, 일개의 삼뇌였다.

대쪽처럼 마른 체구에 허연 눈썹이 눈의 절반을 가린 일선 조평통이 말했다.

"예사롭지 않은 일이군요."

"살극달이라는 놈은 혈귀대주와 동향이라는데, 혹시 그것과 관련이 있는 것 같소?"

"혈귀대주와 동향이라면 사공녀의 관심을 끌 만하지요. 오공녀께서도 그걸 알고 그를 자미원에 데려간 것이고. 문제는 과연 그게 전부냐는 것인데……."

"이상하게 신경이 쓰이는 놈이란 말이지. 분명 평범한 놈은 아닌데, 그렇다고 일사형이 심어놓은 작자 같지도 않고……."

"무관은 어떻게 통과한 겁니까?"

뚱뚱한 체구에 붉은 가사를 온몸에 두른 일불 복지량이 물었다.

"그러니까 하는 말이외다. 어떻게 여제문의 눈을 속였는지. 여제문이 보기엔 저래도 눈치 하나는 귀신같은 놈인데."

"눈썰미가 보통이 아닌 게지요."

쉰내가 폴폴 나는 넝마를 걸치고 입에는 술지게미를 덕지덕지 붙인 일개 하풍단이 말했다.

이들 세 명을 볼 때마다 막수혼은 한 가지 이해할 수 없는 것이 있었다. 대체 왜들 저런 복장으로 다니느냐는 것이다. 그들이 과거 도사, 중, 거지였다는 건 알고 있다. 하지만 지금은 구대문파에서 파계를 당한 처지들이 아닌가.

"너무 심려 마십시오. 제 놈이 누구이든 혼자서는 아무것도 할 수 없습니다. 여차하면 제거할 수도 있는 것이고."

일선 조평통이 다시 말했다.

삼뇌 중 가장 나이가 많다는 이유로 그는 사실상 맏형 노릇을 하고 있었다. 무공도 무공이지만 진법에도 조예가 깊어 구금환새진을 손본 장본인이기도 했다.

하지만 구금환새진이 듣도 보도 못한 계집에게 뚫린 지금 막수혼은 과연 삼뇌를 믿고 끝까지 가도 되는 건지 의구심이 들었다.

"그 일은 일단 두고 보기로 하고, 노룡은 무얼 하고 있소?"

"금검장에 틀어박혀 두문불출하고 있습니다."

"그 늙은이를 어떻게든 제거해야 하지 않겠소? 그냥 두기엔 너무 위험해 보이는데."

"그렇게 간단한 일이 아닙니다. 철기대가 이중산중으로 경계를 하는 통에 쉽지 않기도 합니다만, 만약 그를 제거하려 했다간 일공자께서 그걸 빌미로 전면전을 벌이려 할 겁니다. 철기대는 결코 만만한 상대가 아닙니다. 혈랑대라면 지지는 않겠지만, 양패구상까지도 생각하셔야 합니다. 그럼 엽사담 삼공자만 어부지리를 취하게 될 겁니다."

막수혼 역시 모르지 않았다.

그런 역학 구도 때문에 자신이나 이천풍이나 여태 손 한번 써보지 못하고 이렇게 지루한 답보 상태를 펼치고 있는 게 아닌가. 노룡이 등장하면서 그게 단숨에 깨져 버렸지만 말이다.

"하면 이렇게 두고만 보자는 거외까?"

"서두르지 마십시오. 모든 일엔 때가 있는 법입니다."

"내가 서두르지 않게 생겼소? 노룡은 십 년 동안이나 은거를 하고 있던 죽림의 이원로까지 움직였소. 삼뇌께서 그렇게 찾아갔어도 코빼기도 안 보인 노인네들이 말이오."

가로회의는 자하부의 모든 수뇌부들이 모이는 자리다. 그곳에서 이원로는 일공자 이천풍을 지지하는 발언을 할 것이 틀림없었다.

자하부에서 누구도 당할 수 없는 압도적인 무공은 차치하고서라도 그들이 지닌 권위와 상징은 실로 엄청났다.

그런데도 삼뇌는 넋 놓고 밥이나 축내고 있으니 막수혼의 속이 타들어갈 수밖에.

일선이 껄껄 웃더니 말했다.

"노룡이 제아무리 신출귀몰하다고 해도 결국엔 인간입니다. 인간이 할 수 있는 일은 분명 한계가 있지요."

"무슨 말이외까?"

"노룡은 온갖 술수로 가로회의를 만들어냈지만, 결국엔 무력으로 승부가 날 겁니다. 해서 지금의 형국에선 귀계를 꾸밀 게 아니라 무력을 끌어모아야 합지요."

"그래서요?"

"광동진가(廣東眞家)의 가주께서 세가의 고수들을 이끌고 이곳으로 오고 있습니다."

"철수신룡(鐵手神龍)이……!"

광동진가는 한때 남무림의 패권을 놓고 자하부와 경쟁하던 남무림 최고의 무가 중 하나였다. 그곳의 가주 철수신룡 진자양은 자타가 공인하는 남무림 최고의 권사(拳士). 죽림에 은거한 이원로도 그에 비하면 아무래도 빛이 바랠 수밖에 없었다.

삼뇌는 그런 그로부터 지지를 이끌어낸 것이다.
바로 이것이 삼뇌의 진정한 힘이었다.
"크하하하!"
막수혼은 입이 귀밑까지 찢어졌다.

*　　　*　　　*

밤하늘에 뜬 만월이 온 세상을 비추고 있었다.

살극달은 흑림의 호숫가 나뭇가지에 거꾸로 매달려 운기행공을 하고 있었다.

처음 무공을 배울 때만 해도 반드시 가부좌를 틀어야 했지만 오랜 세월이 흐르면서 그는 자세에 구애받지 않게 되었다. 누워서도, 앉아서도, 심지어 물구나무를 서서도 움직이지만 않는다면 그 어떤 자세에서도 가능했다.

이렇게 운기행공을 하는 것은 잠을 자지 못한 피로를 풀기 위해서였다.

그는 자연법칙을 초월한 미지의 존재였지만 죽음에 관해서만큼은 아무것도 확신할 수가 없었다.

그럴 수밖에 없었다.

죽어보지 않았으니 절대로 죽지 않는 존재인지는 알 수가 없는 것이다.

그건 실험을 해볼 수도 없는 일이었다.

만약 정말로 죽어버리면 모든 게 끝이었다. 실험은 했으되 결과는 알 수 없는 것이다. 결국 실험의 기회는 딱 한 번밖에 없는 셈인데 그건 너무나 무모한 짓이었다.

 그러나 그럼에도 불구하고 그는 실험을 해봤다.

 그것도 여러 번, 정확히 말하면 자살 시도였지만 결과적으로 실험에 가까운 시도를 하기는 했다.

 처음엔 독약을 먹었다.

 다음엔 까마득한 절벽에서 몸을 던졌다.

 다음엔 호수에 뛰어들었고, 다음엔 할복을 했다.

 하지만 그때마다 그는 살아났다.

 내상을 입고, 팔다리가 부러지고, 피도 흘렸지만 그는 끝내 살아났다. 스스로 살아나기도 하고, 누군가가 발견을 해서 치료를 해서 살아나기도 했다.

 문제는 그것이 불사의 존재이기 때문인지, 아니면 죽을 만큼 강한 부상을 입지 않아서인지는 아직도 알 수가 없었다.

 어쨌거나 그 역시 피를 흘리고, 내상을 입고, 고통을 느꼈다. 그래서 장자이에 의해 중독된 몽혼산을 가볍게 여길 수가 없는 것이다.

 그게 살극달이 운기행공을 하는 이유였다.

 "후우……."

 살극달이 긴 숨을 토해내며 운기행공을 마쳤다.

 숲 저쪽에서 한 사람이 걸어오고 있었기 때문이다.

전 수문각주 이자담이었다.

밤이고 숲이었지만 만월이 뜬 터라 내공이 조금이라도 있는 사람이라면 사위를 바라보는 데 큰 어려움은 없었다. 물론 살극달은 그런 것에 거의 구애를 받지 않았지만 말이다.

이자담은 한 자루 은창(銀槍)을 들고 있었다.

진짜 은으로 만든 것은 아니고 창날에 감도는 은은한 백광이 은빛을 띠었기 때문에 은창이라 불렸다. 정확한 명칭은 은섬창(銀閃槍)이다.

어쩌다 뇌정신군의 눈에 들어 자하부의 수문각주라는 직책을 맡았지만, 그건 그의 꼬장꼬장한 성격을 높이 산 뇌정신군이 수문각을 크게 키워볼 욕심에 그랬던 것이지 결코 이자담을 낮게 보아서가 아니었다.

지금은 비록 쫓겨난 처지에 불과했지만 자하부에 있을 당시만 해도 이자담은 열 손가락에 꼽히는 고수였다.

이자담은 일절 주위를 둘러보지 않고 거침없이 호숫가를 향해 걸어왔다. 수평으로 뉜 그의 창두가 달빛을 받아 귀광을 뿌렸다. 그 모습이 흡사 도깨비불이 둥둥 떠다니는 것 같았다.

그러다 어느 순간, 이자담이 갑자기 걸음을 멈추었다. 그가 좌방의 숲을 쓸어보며 엄중한 목소리로 말했다.

"웬 놈의 쥐새끼냐!"

잠시 후, 좌방의 덤불에서 한 사람이 쓰윽 일어났다. 흑의 경장에 복면을 쓴 자였다.
"복면을 벗어라!"
이자담이 복면인의 턱을 향해 창을 쭉 뻗으며 말했다. 하지만 복면인은 일언반구도 없이 서너 걸음을 물러나며 이자담과 대치했다.
"수상한 놈이로고!"
이자담이 노성을 터뜨리며 장창을 휘둘러 가려는 순간,
"멈추시오!"
살극달이 빙글 공중제비를 넘으면서 땅으로 떨어져 내렸다. 또 다른 기척에 이자담이 동작을 멈추고 살극달을 향해 시선을 돌렸다.
살극달은 두 사람을 향해 다가가며 말했다.
"그쪽도 복면을 벗으시오."
복면인이 잠시 눈알을 희번덕거리며 살극달을 노려보더니 이내 못 이기는 척 복면을 벗었다.
"궁즉통 네놈이 여긴 어떻게!"
이자담이 눈을 동그랗게 뜨고 궁즉통을 노려보았다. 궁즉통은 이자담을 일별한 후 살극달을 향해 쌍심지를 켰다.
"다른 사람이 있다는 말은 안 했잖소!"
"그러는 당신도 혼자 오진 않았잖소."
궁즉통은 깜짝 놀랐다.
사실 그는 날랜 수하 십여 명을 대동하고 반 시진 전부터 숲에서 매복을 하고 있었다. 살극달의 무공을 이미 견식한 터라 호숫가로부터 백여 장 바깥에 매복을 둠은 물론 그 자신도 극도로 조심을 했다.

하지만 살극달은 나타나지 않았다.

정확하게 말하면 나타났지만, 그도 수하들도 까맣게 모르고 있었다. 살극달이 이미 호숫가에 당도했다는 걸 안 것은 그가 숨을 길게 토하는 순간이었다.

그 때문에 깜짝 놀라 미처 기척을 갈무리하지 못한 것인데, 때마침 이자담이 나타나 그의 존재를 알아차렸다.

"각설하고, 내 물건을 내놓으시오!"

궁즉통이 버럭 소리를 질렀다.

"이미 드렸을 텐데?"

"지금 장난하자는 거요!"

"탁자 밑을 더듬어보지 않았구려."

"……!"

"돌아가거든 탁자 밑을 잘 더듬어보시오. 난 처음부터 장부를 가져오지 않았소."

궁즉통은 입술을 부르르 떨었다.

만약 그게 사실이라면 놈은 처음부터 장부를 들고 자신과 협상할 생각이 아니었던 것이다. 단지 자신을 이곳으로 불러내기 위해 술수를 부렸을 뿐.

연거푸 놈의 속임수에 당한 궁즉통은 피가 거꾸로 솟는 것 같았다. 여기로 나오고 말고의 문제가 아니었다. 놈에 속았다는 사실 자체가 문제였다.

평생을 살아오면서 자신을 이렇게 손바닥 위에 올려놓고 가지고 논 사람이 있었는가 말이다.

그런 분노와는 별개로 그는 살극달을 다시 보았다. 최소한 상대의 약점을 쥐고 이용하려는 그런 부류는 아닌 것이다.

하지만 확인 작업은 거쳐야 했다.

그는 작은 것 하나까지도 허투루 넘기는 위인이 아니었다.

휘이익!

궁즉통이 휘파람을 불자 숲에서 그림자 하나가 비호처럼 달려왔다. 앞서 궁즉통과 마찬가지로 복면으로 신분을 가린 자였다.

궁즉통은 복면인에게 귓속말로 무언가를 지시했고, 복면인은 두어 차례 고개를 끄덕인 후 바람처럼 사라졌다. 복면인을 보낸 후 궁즉통이 살극달을 돌아보며 말했다.

"나를 붙잡아두려고 한 것이라면 성공을 했소. 어쨌거나 장부를 확인하기 전에는 난 이 자리를 떠날 수 없으니까. 그런데 이 노인네는 왜 부른 거요?"

이자담을 말하는 거였다.

"이 노인네? 네놈이 간이 배 밖으로 나왔구나!"

이자담이 다시 장창을 꼬나 쥐었다.

당장에라도 궁즉통의 배를 뚫을 기세였다.

궁즉통 역시 만만치 않았다.

그는 품속에서 철산판을 꺼내더니 왼손으로 틀을 쥐고 오른손으로 이자담을 겨냥했다. 언제든 산판알을 쏘아 보낼 수 있는 자세였다.

"당신이 옛날에나 수문각주였지 지금도 수문각주인 줄 아시오?"

"이 어린노무 새끼가!"

"내 나이도 이제 쉰세 살이오. 같이 늙어가는 처지에 말씀을 가려 하시오!"

비록 수문각주까지 올라간 것이 전부였지만 이자담은 자하부가 처음 생겨날 때부터 그곳에서 뼈가 굵은 칠순의 노강호였다.

이자담이 쉰 살이었을 때 궁즉통은 거지나 다름없는 모습으로 자하부를 찾아왔다. 그때 궁즉통의 나이 서른 살이었고, 이자담은 궁즉통이 어떻게 커가는지를 똑똑히 보았다.

그러니 궁즉통이 아무리 나이가 들었어도 이자담의 눈에는 서른 살짜리 애송이였던 것이다.

"이런 호로!"

이자담이 창을 쭉 뻗었다.

하지만 그 창은 득달같이 달려든 살극달에 의해 허공으로 치솟았다. 살극달이 창간을 잡아 방향을 틀어버린 것이다.

"멈추라는 말 못 들으셨소?"

살극달이 이자담을 무서운 눈으로 쏘아봤다.

눈동자에서 기광을 뿌리며 살극달을 응시하던 이자담이 슬그머니 시선을 돌렸다. 굳이 살극달과는 승강이를 벌일 생각은 없는 듯했다.

하지만 그는 화가 머리끝까지 뻗치는 듯 콧김을 펑펑 뿜어냈다. 궁즉통은 또 궁즉통대로 여차하면 살수까지 펼치겠다는 태도로 이자담을 노려보고 있었다. 살극달이 그런 두 사람을 차례로 일견하며 물었다.

"대체 왜들 이러는 거외까?"

"무슨 작당을 하는지 모르겠지만, 저놈과 함께라면 난 절대 자네를 돕지 않을 걸세."

이자담의 말이었다.

살극달은 그가 자신에게 하대를 하고 있다는 것에 주의를 기울였다. 반발심이 아닌 하대에 담긴 의미 때문이었다.

"흥. 누군 당신과 함께 있고 싶은 줄 아시오. 하늘이 무너지는 한이 있더라도 그런 일은 없을 것이오."

"쳐 죽일 놈 같으니라고. 코흘리개에 불과했던 네놈이 자하부에서 뿌리를 내릴 수 있도록 돌봐준 사람이 바로 나다. 한데 네놈이 은혜를 원수로 갚아?"

"흥, 그만큼 자리 보존한 것도 내 덕인 줄 알아야지."

"이런 배은망덕한 놈!"

"그만!"

참다못한 살극달이 버럭 소리를 질렀다.

살극달은 작금의 상황이 매우 당황스러웠다.

그가 처음 청와각의 식당에서 주워들은 얘기를 기반으로, 부족한 부분은 다시 독고설란에게 물어 보충한 설계에 이자담과 궁즉통의 관계에 대한 안배는 없었다.

정확히 말하면 두 사람이 이렇게 견원지간일 줄은 꿈에도 몰랐다. 두 사람을 하나로 묶어 안팎을 도모하려고 했던 살극달의 계획이 한꺼번에 어긋나는 순간이었다.

"왜들 이렇게 못 잡아먹어서 안달인지 어디 얘기나 좀 들어봅시다."

살극달이 말했다.

"저놈이 내 목을 쳤네."

이자담이 창끝으로 거의 찌를 것처럼 궁즉통을 가리켰다.

"목을 칠 만하니까 쳤겠지!"

궁즉통도 철산판을 흔들면서 소리를 질렀다.

"글쎄, 그 사정 좀 들어보자니까!"

살극달이 연거푸 소리를 질러서야 이자담과 궁즉통은 팽팽한 대치 상태를 풀었다.

일의 선후인즉슨 이랬다.

본시 이자담과 궁즉통은 사이가 좋았다.

이십 년 전 궁즉통이 자하부로 왔을 당시 궁즉통이 처음 만난 사람이 이자담이었기 때문이다.

그때 당시 이자담은 수문각의 각주로 있었고, 처자식을 살리겠다고 무작정 읍소를 하는 궁즉통을 좋게 보았다.

아비라면, 남편이라면 응당 그래야 하지 않겠느냐며 이자담은 직접 뇌정신군을 찾아가 궁즉통의 사정을 이야기했다.

때마침 아내를 잃고 홀로 독고설란을 키우던 뇌정신군은 궁즉통의 사정을 딱하게 여겨 그에 관한 모든 일을 이자담에게 일임시켰다.

이자담은 바깥에 작은 초옥을 하나 마련해 주고 궁즉통에게는 수문각의 자리 하나를 만들어주었다.

궁즉통은 성실하고 눈치가 빨랐으며, 윗사람의 마음을 귀신같이 읽었다. 그는 그런 방면에 처음부터 타고난 듯했다.

하지만 처자식이 역병으로 죽으면서 궁즉통은 돌변했다. 처자식을 살리기엔 그가 너무 늦게 자하부를 찾아온 것이다.

그때부터 궁즉통은 미친 듯이 돈에 집착했다.

돈이 되는 일이라면 살인을 제외하곤 뭐든지 했다. 처자식이 죽은 게 돈이 없었기 때문이라고 생각한 탓이었다.

반면 꼬장꼬장한 성격에 부조리를 용납하는 법이 없는 이자담은 그런 궁즉통이 마음에 들지 않기 시작했다.

두 사람은 사사건건 부딪쳤으며, 결국은 각자의 길을 갔다. 이자담은 여전히 수문각에 남았지만, 궁즉통은 만물전으로 자리를 옮겨 엄청난 재물을 주물렀다.

궁즉통은 돈이 모이고 흐르는 길을 볼 줄 알았으며, 그 과정에서 자신이 어떤 힘을 행사할 수 있는지도 알았다. 그리고 그 힘을 돈으로 바꾸는 방법도 알았다.

문제는 두 사람이 찢어지고 나서도 사사건건 부딪쳤다는 것이다. 궁즉통은 이런저런 이유로 사람들을 움직일 일이 많았는데, 그때마다 이자담이 길목을 딱 지키고 앉아 훼방을 놓았다.

가령 이런 식이다.

궁즉통이 뒷돈을 받고 상방의 마차 한 대를 들여보낼라 치면, 수문각을 지키고 있던 이자담이 용케도 알고 트집을 잡아 마차를 돌려보내는 식이었다.

하지만 세월이 흐르면서 두 사람의 관계는 역전되었다. 든든한 버팀목이었던 뇌정신군이 죽자 이자담은 자리를 보존하기도 어려워진 반면, 궁즉통은 누구도 함부로 할 수 없을 정도로 커진 것이다.

그러다 사건이 터졌다.

두어 달 전 하상도에게 뇌물을 잔뜩 받은 궁즉통이 여러모로 손을 써 이자담의 목을 쳐버리고는 그 자리에 하상도를 앉혀놓은 것이다.

"휴우……"

이야기를 모두 들은 살극달은 장탄식을 쏟아냈다.

이십여 년 동안 얽히고설킨 두 사람의 관계가 절대 간단치 않았다. 이런 상황에선 아무것도 할 수가 없었다.

그렇다고 사람들을 불러놓고 그냥 돌려보낼 수도 없었다. 그랬다간 계획도 세우지 못한 상태에서 모든 일이 발설될 테니까.

결국 둘 중의 하나였다.

죽이든지 설득하든지.

"어쨌든 얘기나 한번 들어보지. 저놈과 내 은원은 하루아침에 해결될 일이 아니니."

이자담이 말했다.

살극달은 궁즉통에게 시선을 주었다.

당신 생각은 어떠냐는 뜻이다.

"마음대로 하시오. 난 어차피 장부가 내 방에 있는지 확인할 때까진 여길 떠날 수 없으니까."

살극달은 두 사람 모두와 눈을 맞춘 후 간단하고도 확실하게 말했다.

"나와 함께 부주를 도와 자하부를 먹읍시다."

"......!"

"......!"

이자담과 궁즉통의 눈동자에서 불똥이 튀었다.

쥐 죽은 듯한 침묵이 흐른 후에 궁즉통이 말했다.

"만두를 시켜 먹는 것처럼 말하는군."

"두 사람이 도와주면 못할 게 없소."

"도와줄 리도 없겠지만, 도와준다고 해서 할 수 있는 일이 아니오."

"내 작전은 이렇소, 궁 전주. 그런데 이름이 궁즉통은 아닐 터, 뭐라고 불러야 하오?"

"아무렇게나 부르시오. 어차피 볼 사이도 아닌데."

"어쨌든 궁 전주께서 자하부 내에서 현 부주인 사공녀께 호의적인 사람들을 모으고, 이 노대야께서 바깥에 있는 사람들을 규합하는 거요."

"바깥사람이라면 정확히 누구를 말하는 건가?"

이자담이 물었다.

"일, 이, 삼공자와 오공녀는 자하부를 나눠 가졌지만, 동시에 많은 사람을 내쫓기도 했지. 자의로 나간 사람도 있고 타의로 나간 사람도 있지만, 결국 그들은 스스로 나가고 싶어서 나간 사람들이 아니오."

"말인즉슨, 오성군과 대립각을 세우다가 나간 사람 중 쓸 만한 자들을 골라보라?"

"그렇소."

"확실히 쓸 만한 사람들이 많긴 하지. 자고로 신념을 꺾지 않는 자들이야말로 진정한 충복이요, 무사라 할 수 있는 법."

이자담은 은근히 궁즉통을 비꼬았다.

궁즉통은 콧방귀를 뀌며 살극달에게 말했다.

"모아줄 생각도 없지만, 자하부에 남아 있는 사람 중엔 당신을 도와줄 사람이 없소. 죄다 일, 이, 삼공자나 오공녀 중 하나를 택해 보신을 하고 있소. 그런 자들을 자칫 함부로 건드렸다간 역풍을 맞을 게요."

"그래서 궁 전주께 부탁하는 거 아니외까. 사흘의 시간을 줄 테니 적이 될 사람과 아군이 될 사람을 선별해 보시오."

"사흘? 자하부에 사람이 몇 명인지 도대체 알기나 하는 거요? 사흘 안에는 죽었다 깨어나도 선별을 할 수 없소. 세상에 모를 게 사람 속이오."

"사흘 안에 선별뿐만이 아니라 포섭까지 모두 끝내야 하오."

"지금 장난하는 거요?"

"내가 장난하는 것처럼 보이시오?"

살극달이 한결 차갑고 냉엄한 눈으로 궁즉통을 바라보았다. 감히 그 눈을 똑바로 볼 수 없었던 궁즉통은 입술에 침을 바르며 말했다.

"그럴 생각도 없지만, 설사 그렇게 사람을 모았다 한들 무슨 수로 철기대, 혈랑대, 흑풍대를 당한단 말이오. 오성군은? 이원로는? 삼뇌는? 육당 사십구 각의 고수들은? 도대체 자하부에 고수가 몇 명인지나 알고 하는 말이오?"

"두 사람이 각각 오십 명씩 더도 덜도 말고 딱 백 명만 만드시오. 나머진 내가 다 알아서 하리다."

"나와는 아무 상관 없는 일이지만 대체 무슨 생각을 하는지 모르겠군."

"말끝마다 도와줄 생각 없다고 하면서 얘기는 잘도 처듣는 군."

이자담이 궁즉통에게 또 면박을 주었다.

"그러는 노친네는 왜 듣고 앉아 있는 거요."

"난 할 거니까."

"……!"

궁즉통의 눈동자가 휘둥그레졌다.

이자담은 창을 들어 바닥에 쿵 찍더니 말했다.

"자네, 혈귀대주의 형이라고 그랬지?"

"혀, 혈귀대주!"

혈귀대주의 형이라는 말에 곁에 있던 궁즉통의 얼굴이 새 파래졌다. 궁즉통의 이런 반응과는 상관없이 살극달과 이자 담은 뜨거운 눈으로 서로를 응시하고 있었다.

"그렇소."

"혈귀대주는 정말 멋진 녀석이었지. 새파랗게 어린놈이 신 의가 무언지를 알았어. 자네가 무슨 작당을 하고 있는지는 모 르겠네. 설사 자네가 터무니없는 작전으로 우리를 지옥으로 이끈다고 해도 상관 않겠네. 이제부터 난 자네의 수하일세."

말과 함께 이자담은 오른손을 가슴에 붙이고 한쪽 무릎을 꿇는 예를 취했다.

살극달은 좀 당황했다.

그를 설득하려면 꽤나 애를 먹어야 할 것으로 생각했는데 너무나 쉽게 항복을 받은 것이다.

"대신 말은 놓겠네. 그건 봐줄 거지?"

이자담이 고개를 꺾어 살극달을 올려다보며 물었다.

"그건 상관없소만, 작전을 아직 절반밖에 설명 안 했는데."

"그 정도면 됐네. 우리 편인지도 모르는 놈 앞에서 너무 많은 것을 말하는 것도 좋지 않지. 나머지는 차차 얘기하도록 함세."

이자담은 말하는 도중에 궁즉통을 힐끔 돌아봄으로써 은근히 입장 밝히기를 강요했다.

"훙, 언젠 나와는 절대 함께하지 않겠다더니."

"그 말인즉슨, 네놈도 우리와 함께하겠다는 것이냐?"

"그런 뜻이 아니잖소. 함부로 갖다 붙이지 마소."

"물론 나 역시 네놈과 함께 거사를 도모할 생각은 눈곱만큼도 없다. 하지만 내 상전이 네놈을 필요로 한다 하시니 내 그 명을 받들어 네놈이 우리 편이 된다고 하더라도 일거수일투족을 감시하며 배신의 싹이 보이면 반드시 목을 치리라."

"난 아직 당신들과 함께하겠다는 말을 하지 않았소."

"너도 눈치가 있으니 지금의 상황을 알겠지? 거사 계획을 엿들었으니 어쨌거나 넌 여기서 선택을 해야 한다. 우리와 한 배를 타든지 아니면 내 창에 꿰뚫리든지."

말과 함께 이자담이 바닥에 찍어둔 창을 뽑아 궁즉통을 겨냥했다. 궁즉통은 반사적으로 철산판을 내밀어 이자담을 겨냥했다.

　살극달은 그냥 내버려 뒀다.

　골머리가 아파서였다.

　그때, 풀숲이 흔들리며 궁즉통의 수하가 돌아왔다. 그는 이자담과 궁즉통의 팽팽한 대치를 발견한 후 감히 가까이 다가가지 못하고 앞에서 서성였다.

　고수들이 대치한 상황에서 함부로 끼어들었다가 자칫 아군으로 하여금 빈틈을 만들 수 있기 때문이었다.

　"됐으니, 거기서 말해."

　궁즉통이 말했다.

　"확실히 탁자 밑에 있었습니다."

　"알았다. 돌아가 있어."

　"복명."

　복면인이 사라지자 살극달이 이자담에게 말했다.

　"이 노대야, 창을 거두시오."

　"무슨 소린가? 아직 이놈의 입장을 들어보지 못했네."

　살극달은 두 번 이상 말하지 않았다. 앞서의 명령이 계속 유효한 것이다. 이자담은 한참을 망설이더니 '끙' 소리를 내며 물러났.

　이자담이 창을 거두었음에도 궁즉통은 여전히 철산판을 회수하지 않고 있었다. 이자담의 말처럼 지금의 상황이 결코 간단치 않다는 걸 그도 잘 알고 있었다.

"돌아가도 좋소."

살극달이 말했다.

"이런 일을 하려는 이유가 무엇이오?"

"그건 각자가 판단할 문제요. 내 이유를 당신들에게 강요할 수는 없소. 당신들은 당신들대로 이유를 찾으면 되오."

"이유는 달라도 목적이 같다면 함께 가자는 뜻이오?"

"그렇소."

"사람을 움직이려면 무언가를 주어야 하오. 적진에 있는 사람들일수록 더, 위험한 일일수록 더, 실패할 확률이 높을수록 더 엄청난 재물이 들어갈 거요."

"그런 건 문제가 되지 않소."

"천만에, 모든 건 돈 문제요."

"사람을 보는 눈이 제법 있는 줄 알았는데?"

"당신이 예사로운 사람이 아니라는 건 인정하오. 하지만 당신의 적 중 예사로운 사람은 단 한 명도 없지. 특히 일공자는 노룡이라는 거물을 손에 넣었소."

"하고 싶은 말이 무엇이오?"

"난 사람 편 안 드오. 무조건 돈 편이오. 돈만 있다면 천하에 못할 일이 없지. 당신이 위험을 감수하고도 남을 만큼 그들보다 더 많은 돈을 가졌다면 한 번쯤 고민해 볼 수 있다는 뜻이오."

"당신이 쓴 장부를 보았소. 많이도 해먹었더군. 내가 자하부를 손에 넣으면 당신을 그대로 두지 않을 거요. 언젠가는 당신의 작은 실수 하나가 자하부를 무너뜨릴 수 있다는 걸 알기 때문이지."

"……!"

"하지만 만약 당신이 나를 도와준다면 자하부를 손에 넣은 후 당신을 중용할 것이오. 지금처럼 뒷돈을 만지는 곳이 아니라 당신의 그 천재성을 합법적으로 발휘할 수 있는 곳. 선택은 당신이 하시오."

궁즉통은 한동안 살극달을 바라보다 돌아서 가버렸다. 저만큼 멀어지는 궁즉통을 보며 이자담이 말했다.

"그냥 보내줘도 될까?"

"죽이면 안 됩니다. 그가 꼭 필요합니다."

"놈이 과연 동참할까?"

"아마 그럴 겁니다."

"그런 대책없는 믿음은 대체 어디서 오는 건가?"

"살다 보면 뜻하지 않는 기회와 만날 때가 있죠. 자신의 삶을 바꿀 기회. 지금이 그 기회라는 걸 그는 알고 있습니다. 그리고 절대 놓치지 않을 겁니다. 저를 믿는 게 아니라 그 자신을 믿기 때문이죠."

"……?"

이자담은 당최 무슨 말을 하는지 모르겠다는 듯 한동안 어리둥절한 표정을 지었다.

"어쨌거나 나도 그만 가봐야겠군. 놈들 눈에라도 띄었다간 무슨 봉변을 당할지 모르니 자네도 얼른 가는 게 좋겠네."

이자담이 짧은 인사와 함께 자리를 떠났다.

하지만 숲엔 여전히 살극달 말고도 한 사람이 더 있었다.

第六章
장자이의 잔꾀

비룡잠호
秘龍潛虎

"그만 내려오시지."

살극달이 말했다.

그의 말이 떨어지자마자 십여 장 바깥의 나뭇가지가 슬쩍 흔들리더니 시커먼 인영 하나가 깃털처럼 내려앉았다.

청의 경장에 머리카락은 뒤로 잘끈 묶었으며 얼굴엔 깨소금을 뿌린 듯 주근깨가 가득한 어린 소녀였다.

깜깜한 밤 인적이 없는 호숫가 숲 속에서 나타난 여자아이는 살극달을 향해 거침없이 다가오며 요사스런 웃음을 흘렸다.

"호호호, 귀신이 따로 없네요."

"누가 할 소릴. 이 시각에 여기서 뭐해?"

"호호호. 아저씬 마치 제가 누군지 아는 것처럼 말씀하시네요."

"웃기지 말고 인피면구나 벗어."

"……!"

묘령의 여자아이는 일순 얼굴이 딱딱하게 얼어붙었다. 살극달은 대답도 기다리지 않고 팩 돌아서 걸음을 옮겼다.

잠시 넋 나간 사람처럼 서 있던 여자아이는 얼른 살극달의 뒤에 따라붙으며 말했다.

"대체 어떻게 안 거예요?"

"치마 속에 소월도를 감추면 누가 모를까 봐?"

"치마 속을 본단 말예요?"

여자아이가 우뚝 멈추더니 황급히 치맛자락을 누르면서 말했다.

"소월도의 윤곽이 비친다는 얘기야."

"아, 뭐예요, 진짜!"

여자아이는 장자이였다.

매상옥이 자하부를 온통 쏘다니고도 잡지를 못한 이유가 여기에 있었던 것이다. 그녀는 역용을 한 채 돌아다니고 있었다.

장자이가 버럭 짜증을 내면서 또다시 쪼르르 달려와 살극달의 뒤에 따라붙었다.

하지만 절대 어깨를 나란히 하거나 삼 장 안으로는 다가오지 않았다. 만약의 경우 살극달에게 잡힐 것을 염려한 것이다.

"왜 도망갔어?"

살극달이 물었다.

"나더러 시비가 되라는데 당연한 것 아니에요? 독고설란이 당신들에게서나 부주지 저한테까지 부주인 것은 아니에요. 그걸 좀 알아주셨으면 좋겠네요."

"그건 아무래도 상관없는데 해독제는 주고 가야 할 거 아냐."

"당신은 그다지 필요치도 않은 것 같은데요?"

"네가 스스로 줄 때까지 기다리는 거야."

"그게 아니겠죠. 나를 잡을 수가 없는 거겠죠."

"정말 그렇게 생각해?"

살극달이 걸음을 멈추고 뒤를 돌아보았다.

놀란 장자이가 대여섯 걸음을 후다닥 물러나더니 자세를 바짝 낮췄다. 언제든 경공을 펼쳐 달아날 준비를 하는 것이다.

"무공은 당신이 나보다 윗줄이라는 걸 인정하죠. 하지만 경공만큼은 날 따라잡을 수 없을 걸요."

살극달은 고개를 절레절레 흔든 후 다시 걸음을 재촉했다. 장자이가 다시 일정한 거리를 유지한 채 따라오며 물었다.

"그런데 진짜 자하부를 먹을 거예요?"
"들었으면서 뭘 물어."
"왜? 뭐 때문에?"
"알 것 없잖아. 우리 편도 아닌데."
"하긴, 나랑은 아무 상관 없는 일이지."
"그보다 나한테 할 말이 있어서 따라다닌 거 아니었어?"

장자이가 쪼르르 달려오더니 살극달을 대여섯 장이나 앞질러 간 상태에서 뒤돌아 뒷걸음질을 치며 말했다.

"나랑 협상해요."
"협상?"
"자하삼보를 넘겨주면 해독제를 주죠."
"그건 내 권한 밖의 일인데?"
"풋!"

장자이는 실소를 터뜨린 후 다시 말을 이었다.

"왜 이러세요, 선수끼리?"
"자하삼보가 뭔지나 알아?"
"하나만 손에 넣어도 삼대가 팔자를 바꿀 수 있는 자하부의 무가지보죠."
"그게 다야?"
"그 정도면 충분해요. 우리 같은 도둑에겐 그게 돈이 되느냐 안 되느냐만 알면 되니까."
"인연이 없는 사람이 욕심을 내면 삼대가 멸족을 당한다는 얘기도 있는 것 같던데."

"도대체 그런 걸 어떻게 아는 거예요? 그건 도둑들 사이에서도 신투라는 말을 들어야 겨우 알 수 있는 고급 정보인데."

"내가 발이 좀 넓어."

"하면 당신은 자하삼보가 뭔지 알고 있나요?"

"나도 얘기만 들었어."

"피이."

장자이가 재미없다는 듯 샐쭉한 표정을 지었다.

"그나저나 네 입으로 도둑질을 하러 온 게 아니라고 한 것이 엊그제인 것 같은데?"

"믿지 않겠지만, 처음부터 도둑질을 하러 온 건 아니에요. 하지만 견물생심이라고, 자미원으로 가고 나니 갑자기 생각이 바뀌더라고요."

"거짓말."

"그래서 믿지 않을 거라고 했잖아요."

"당당하군."

"어머, 나한테 양심의 가책 같은 거 바라셨어요? 아, 죄송해라. 많이 실망하셨어요?"

장자이가 이번엔 뒷짐을 지고 얼굴을 쭉 내밀었다. 하는 짓은 영락없는 애교인데 대화의 내용은 전혀 그렇질 않으니 참 난감한 일이었다.

"자하삼보를 훔치려면 자미원에 있는 게 유리했을 텐데 왜 도망갔지?"

"매상옥 그 개자식이 어찌나 치근대는지."

"치근이 아니라 추궁이었겠지."

"앗, 나의 실수."

장자이가 검지를 볼에 살짝 갖다 댔다. 갈수록 가관이었다.

"그나저나 혈랑대의 눈은 어떻게 따돌린 거야?"

"그건 제 밑천이네요."

"아무리 빙하신투라고 할지라도 혈랑대를 뚫는 건 불가능해. 내가 봤는데 그들이 펼치는 진법, 고인의 손이 닿은 거야. 어떻게 한 거야?"

"빙하신투?"

"별호가 빙하신투라고 하지 않았나? 왜, 나흘마라고 불러줘?"

"그렇게 부르면 다신 안 만나줄 줄 알아요!"

장자이가 정색을 하고 말했다.

"그러니까."

"아, 매상옥 그 자식이 당신 정도만 말이 통했어도."

"자하부에 거의 다 와가는데, 계속 말장난만 하고 있을 거야?"

"나랑 얘기하는 거 싫어요?"

"지금 미인계 쓰는 거야?"

"방금 그거 나 미인이라는 소리죠?"

"미인이지. 세상에 너 같은 여자가 예쁘지 않으면 누가 예쁠 수 있겠어? 하지만 내 취향은 아냐."

발그레해지던 장자이의 얼굴이 한순간 딱딱하게 얼어붙었다. 그녀는 걷는 것도 멈춘 채 멍한 표정으로 서 있었다. 살극달이 그녀를 지나치며 물었다.

"그리고 해독제는 왜 자꾸 안 주는 거야?"

"그랬다면 지금처럼 그쪽과 협상을 할 수도 없었겠죠."

장자이가 자신의 앞을 스쳐 가는 살극달의 얼굴을 보며 말했다. 조금 전과 달리 목소리가 착 가라앉아 있었다.

"그래서 만약의 경우를 대비해 놓은 거라고?"

"자하삼보를 주지 않으면 해독제도 없어요."

"자하삼보가 있는지 없는지도 모르지?"

"분명히 있어요."

"이렇게 하자. 설사 자하삼보가 있다고 해도 남의 문파의 보물을 내 마음대로 줘라 마라 할 순 없어. 대신 독고설란과 대화할 수 있게 해주지. 넌 자하삼보에 대해 궁금한 걸 물어보고. 대신 그 대가로 해독제를 줘. 우리가 죽는다고 해서 네게 하등 도움이 될 건 없잖아."

장자이는 이제 살극달과 어깨를 나란히 하고 걸었다. 좀 전에 눈앞을 스쳐 가면서 살극달이 잡지 않는 걸 본 후 그에게 그런 의도가 없음을 깨달은 것이다.

장자이는 뭐가 마음에 안 드는지 가자미눈을 뜨고 살극달을 노려보았다. 그렇게 한참을 노려본 끝에 그녀가 물었다.
"서른여덟 살이라는 거 거짓말이죠?"
"맞아. 거짓말이야."
"흥, 그러면서 또 한 살 더 올려 마흔 살이라고 그러려고?"
"아니, 그보다 훨씬 많아."
"끝까지 장난치고 있어. 사실은 나보다 서너 살, 많아야 너덧 살밖에 안 많죠?"

살극달이 자미원으로 돌아온 건 사경(四更)이 깊어졌을 무렵이다. 혈랑대는 여전히 자미원의 경내를 감시하고 있었다. 그들은 살극달이 나타나자마자 눈알을 희번덕거리며 쏘아보았다.
일부는 검을 뽑기라도 할 듯 살극달을 에워쌌다. 그러다 결국 한 놈이 살극달의 앞을 막아섰다.
구조 조장 여제문이었다.
"이 밤중에 어딜 그렇게 다녀오시나?"
"비켜."
살극달이 말했다.
얼음장처럼 차갑고 바윗덩어리처럼 무거운 음성이었다. 일순 여제문은 심장이 철렁 내려앉는 것 같았다. 왜, 무엇 때문인지도 모른 채 그는 부지불식간에 옆으로 한 걸음을 옮기고 있었다.

 그러다 뒤늦게 자신의 실책을 깨닫고는 황급히 검파를 집어갔다. 하지만 그는 뽑지 못했다. 뽑을 수가 없었다.

 살극달의 눈에서 화염이 줄기줄기 쏟아지는 순간 그의 심장이 의지와는 상관없이 방망이질을 치기 시작했다.

 십 리를 전속력으로 도주한 끝에 천 길 낭떠러지를 만난 것처럼, 감히 상대할 생각조차 품지 못할 만큼 거대한 괴수를 만난 것처럼 그는 살극달의 전신에서 뿜어져 나오는 기세에 압도당했다.

 분명 살기는 아닌데, 그보다 더한 그 무엇이 자하부에서 소문난 독종 혈랑대의 구조장 여제문을 태산처럼 짓누르고 있었다.

 그때까지 살극달이 한 것이라곤 '비켜'라는 단 한 마디였다.

 "보내줘라."

 여제문을 구해준 것은 표길량이었다.

 그는 저만치 나무 그늘에서 팔짱을 낀 채 앉아 있었다. 하지만 그의 명령이 떨어지고 나서도 여제문은 걸음을 옮길 수가 없었다. 그를 짓누르는 무형의 압박이 그를 놓아주지 않았기 때문이다.

 그때, 살극달의 투기가 연기처럼 흩어져 버렸다. 자신을 짓누르는 압박이 사라진 후에도 여제문은 걸음을 옮기지 않았다. 방금 당한 그 압박감이 도저히 믿어지지가 않아서였다.

그 잠깐 사이에 온몸이 식은땀으로 축축하게 젖은 여제문은 어깨를 축 늘어뜨린 채 저만치 걸어가는 살극달의 뒷모습을 파리해진 얼굴로 바라만 보았다. 영문을 모르는 그의 수하들이 이놈 저놈 다가와 안부를 물었다.

"어디 편찮으십니까?"
"아니야, 아무것도."

살극달이 싸리나무 울타리를 지나 자미원의 정원으로 들어섰을 땐 사방이 적막처럼 고요했다. 살극달은 달빛을 즐기듯 한가롭게 정원을 가로질렀다.

그가 연못가를 지날 때였다.

멀지 않은 곳 누각의 처마 아래 무언가 웅크리고 있었다. 팔짱을 낀 채 처마 밑에 박쥐처럼 거꾸로 매달려 있는 그것은 사람이었다.

"거기서 뭐해?"

살극달이 물었다.

"하, 귀신이네. 어떻게 알았소?"

그림자가 허공의 달빛으로 튀어나오더니 수레바퀴에 묻은 가랑잎처럼 빙글 공중제비를 돌고는 바닥으로 떨어졌다.

육중한 몸과는 너무나 어울리지 않게 깃털처럼 가벼운 움직임이었다.

그는 매상옥이었다.

"씹고 있는 건 뭐야?"

살극달이 천추루를 향해 걸음을 멈추지 않으면서 물었다. 뒤돌아본 적도 없건만 그는 매상옥이 무얼 하고 있는지 귀신같이 알고 있었다.

"칡뿌리요. 잠이 와서 견딜 수가 있어야지."

매상옥은 눈 밑의 그늘이 볼까지 내려온 얼굴로 칡뿌리를 질겅질겅 씹으며 말했다.

"운기행공이라도 해보지그래."

"내가 그것도 안 해봤을 것 같소?"

"그런데도 그래?"

"돌아버릴 것 같소. 이게 다 그 도둑년 때문인데 당최 나타날 생각을 하지 않소."

"말 좀 가려서 해. 네가 그렇게 구니까 장자이가 더 기고만장해서 그렇잖아."

"지금 그년 편드는 겁니까? 우리가 그년 때문에 지금 며칠째 잠을 못 자고 있는지 알고나 그런 소리를 하는 겁니까? 장장 나흘째입니다, 나흘째. 보통 사람 같았으면 죽었단 말입니다."

"졸려서 죽는 사람은 없어."

"당연하죠. 그전에 잠을 잘 테니까. 하지만 우리는 눈을 붙이는 순간 독액이 머리로 퍼져 뇌수가 녹아버린다는 걸 상기

하십시오."

"걱정하지 마. 곧 해결될 것 같으니까."

"혹시… 그년을 만났소?"

그때쯤 살극달은 천추루의 입구에 도착했다.

살극달이 대답 대신 매상옥을 보며 턱짓으로 문을 가리켰다. 안에 누가 있느냐는 소리였다.

필시 어떤 기척을 느끼고 묻는 말일 텐데 매상옥은 그야말로 어안이 벙벙했다.

"직접 들어가 보시오."

매상옥이 말했다.

살극달은 천추루의 문을 활짝 열어젖혔다.

살극달이 천추루로 들어갔을 때는 남북으로 길게 뻗은 탁자의 끝에 독고설란이 곤란한 표정으로 앉아 있었다.

그녀로부터 멀지 않은 곳에는 냉엄한 표정의 조빙빙이 협봉검(狹峰劍) 한 자루를 탁자 위에 올려놓은 채 앉아 있었다. 협봉검은 그녀의 성명병기 소리비검이었다.

살극달을 발견한 조빙빙은 돌연 검을 집어 들고는 탁자 위로 훌쩍 뛰어오르더니 일언반구 몽땅 생략한 채 살극달을 향해 달려왔다.

십여 장이 넘는 거리를 단숨에 좁힌 그녀는 달려오는 기세 그대로 검을 쭉 내밀었다. 한줄기 매서운 검풍이 살극달의 얼굴을 덮쳤다.

 살극달은 철판교의 수법을 발휘, 상체를 벼락처럼 뒤로 꺾었다. 시퍼렇게 날이 선 검극이 코끝을 아슬아슬하게 스쳐 갔다.

 살극달을 지나쳐 날아간 조빙빙은 바닥과 벽을 번갈아 밟으며 그 탄력을 이용, 또다시 빛살처럼 날아들었다. 파르르 떨리는 검극에서 범상치 않은 기운이 어렸다.

 살극달은 왼쪽으로 가볍게 한 걸음 옮기는 한편 재빨리 그녀의 검신을 손가락으로 튕겼다.

 따앙!

 깨질 듯 날카로운 금속성이 허공을 갈랐다.

 그 순간, 질풍처럼 날아들던 협봉검이 지력을 이기지 못하고 급박하게 방향을 틀었다. 하지만 조빙빙은 호락호락하지 않았다. 협봉검이 자신의 통제를 벗어나는 순간 그녀는 좌수를 크게 뻗어 살극달의 어깨를 채갔다.

 살극달 역시 우수를 뻗어 그녀의 팔목을 잡아갔다. 두 개의 팔이 허공에서 하나로 엮이는 순간, 조빙빙이 돌연 상체를 틀어 살극달을 내던졌다.

 대담무쌍한 공격에 이은 엄청난 힘이었다.

 허공으로 다섯 장이나 솟구친 살극달은 공중제비를 세 바퀴나 돈 후에 맞은편 탁자 위로 떨어져 내렸다.

 조빙빙 역시 탁자 위로 뛰어올랐다.

탁자 위에서 십여 장의 거리를 두고 대치한 채 살극달이 물었다.

"그쯤 하는 게 어떻겠소?"

"칼을 뽑아!"

조빙빙이 검을 쭉 뻗어 살극달을 가리키며 말했다.

"후회하지 않을 자신 있소?"

"건방진!"

조빙빙이 다시 탁자 위를 달려왔다.

한 마리 매처럼 양팔을 활짝 펼친 채 달려오는 기세가 역시나 예사롭지 않았다.

살극달은 엉덩이에 매달려 있던 박도를 쑥 뽑았다. 그리고 조빙빙을 향해 마주 달려갔다.

태산 같은 압력이 조빙빙을 덮쳐 갔다.

깡! 까까까까강!

섬전 같은 일 합에 이은 질풍처럼 이어지는 여섯 합. 연속되는 강렬한 금속성과 그 금속성 아래 검과 칼이 엇갈리고 비벼지며 만들어내는 요란한 쇠의 비명, 그리고 좁은 목구멍을 비집고 나오는 억눌린 기합이 무려 반 각이나 쉬지 않고 펼쳐졌다.

두 사람의 전신에서 뿜어져 나오는 투기에 천추루는 순식간에 숨 막히는 전장으로 변해 버렸다.

조빙빙은 강했다.

극쾌의 검공을 익힌 그녀는 시종일관 무서운 속도와 대담무쌍한 공격으로 살극달을 밀어붙였다. 초식은 예리했으며 싸움에 임해서는 물러나는 법이 없었다. 하지만 두 사람의 싸움은 오래가지 않았다.

까각! 까가가각!

살극달의 박도가 조빙빙의 협봉검에 밥풀처럼 착 달라붙는가 싶더니 무지막지한 힘으로 찍어 눌러 버린 것이다.

대경실색한 조빙빙이 좌권을 뻗어왔다.

살극달 역시 좌수를 떨쳤다. 대기를 휘우뚱 일그러뜨리며 쏘아진 살극달의 좌수가 조빙빙의 작은 주먹을 덥석 집어삼켜 버렸다.

그와 동시에 그녀의 발목을 가볍게 걸어 허공에 띄우는 한편, 사량발천근(四兩拔千斤) 무리를 이용 뒤쪽 벽으로 던져 버렸다.

찰나의 순간, 조빙빙은 황급히 방향을 틀어 벽체를 박찼다. 동시에 그 탄력을 이용 다시 한 번 살극달을 향해 날아왔.

쭉 뻗은 그녀의 검극에선 어느새 시퍼런 검기가 어리고 있었다.

"그만!"

갑자기 탁자 위로 뛰어오른 독고설란이 두 사람을 향해 쌍장을 활짝 펼쳤다. 타격을 입힐 목적이 아니었으므로 그 위력은 크지 않았다. 하지만 두 사람으로 하여금 물러나도록 하기에는 충분했다.

그러나 독고설란의 의도와 달리 살극달은 그 자리에 태산처럼 굳건히 버티고 있었다.

반면, 조빙빙은 세 걸음을 물러난 끝에 겨우 멈출 수 있었다. 이 한 수만으로도 살극달과 조빙빙의 무공 격차는 충분히 입증되었다.

잠시 침묵이 흐른 후 조빙빙이 살극달을 향해 저벅저벅 다가왔다. 아까와 달리 검은 아래를 향했고 눈동자에서도 더 이상 살기가 느껴지지 않았다.

그녀가 말했다.

"무공을 속였군."

"결과적으로 그런 셈이지."

"무슨 꿍꿍이지?"

"대충 설명을 들으신 것 같소만."

"혈귀대주의 형이라는 말이 사실인가?"

"그렇소."

"무슨 생각을 하는지 모르지만 부주를 위험에 빠뜨리면 내가 가만두지 않을 거야."

조빙빙은 무거운 책임감을 느끼고 있었다.

그럴 수밖에 없었다.

싫다는 독고설란에게 억지로 살극달을 갖다 붙인 사람이 바로 그녀였기 때문이다.

오늘 아침, 독고설란과 한바탕 싸우고 돌아간 조빙빙은 계속해서 자미원의 반응에 신경을 기울이고 있었다. 그러다 이 공자 막수혼으로부터 이상한 얘기를 한 가지 들었다.
 살극달이 막수혼 자신에게 죽고 싶으냐고 했다는 것이다. 그 길로 자미원을 찾아온 조빙빙은 독고설란을 닦달, 지난 한나절 동안 있었던 일을 모두 듣게 되었다. 그리고 살극달이 나타날 때까지 이곳에서 기다리고 있었던 것이다.
 "부주는 위험에 빠질지도 모르오. 사람 일은 누구도 장담할 수 없는 거니까. 하지만 최선을 다해 그녀를 지켜주겠소. 이제 됐소?"
 "혈귀대주도 그렇게 말했지만, 결국엔 죽었어."
 "그러지 말고 우리 앉아서 이야기하자. 응? 빙빙, 이리 와 앉아. 탁자는 올라가는 게 아니라 가운데 두고 서로 마주 보고 앉는 거야. 살 공자께서도 이리 와 앉으세요."
 분위기가 심각해지자 독고설란이 두 사람의 손을 잡아끌면서 말했다. 살극달은 말없이 끌려가 독고설란의 맞은편을 차지하고 앉았다.
 조빙빙은 한동안 침잠된 눈으로 살극달을 바라보더니 이내 못 이기는 척 독고설란의 곁에 가서 앉았다.
 이제 그림은 살극달이 탁자 하나를 가운데 두고 독고설란, 조빙빙과 마주 앉은 형국이었다.
 독고설란이 살극달에게 말했다.

"함께 온 분도 이제 그만 내려오라고 하세요."

"들켰어. 내려와."

살극달이 말했다.

그 순간 천장에서 청의 경장을 입은 주근깨소녀 하나가 뚝 떨어져 내렸다. 매상옥의 얼굴이 단번에 일그러졌다.

낯선 사람이 천추루에 침입할 때까지도 그는 까맣게 몰랐기 때문이다. 대체 무슨 수로 혈랑대의 진을 뚫었으며, 또 대체 무슨 수로 자신의 기감에 걸리지 않은 걸까.

더구나 독고설란의 말을 빌리자면 주근깨소녀는 살극달과 함께 들어온 것 같지 않은가.

하지만 조빙빙은 전혀 놀라지 않았다.

그녀 역시 눈치를 챘다는 말이 된다.

독고설란과 조빙빙은 눈치챘지만 매상옥은 눈치를 못 챘다. 이 지점이 바로 매상옥을 어리둥절하게 만들고 있었다. 두 사람이 뇌정신군의 제자로 범상치 않은 무예의 소유자라는 건 이미 알고 있었다.

하지만 무공이 고강한 것과 기감을 느끼는 건 좀 다른 영역의 문제였다. 매상옥은 살수 출신이었고, 그 방면에 관한 한 가히 최고라고 자부했다.

그런데도 몰랐다.

'빌어먹을. 잠을 못 자서 모든 게 엉망이 되어버렸어!'

매상옥은 고개를 절레절레 흔들었다.

그러곤 경계심을 잔뜩 끌어올리며 주근깨소녀를 노려보았다. 주근깨가 많은 것 빼곤 제법 반반했다. 자고로 반반한 여자일수록 조심해야 하는 것이다.

"긴장할 것 없어. 아는 사람이니까."

살극달이 말했다.

"아는 사람?"

매상옥이 반문했다.

주근깨소녀의 아래위를 한참이나 훑어보던 매상옥의 눈동자가 실처럼 가늘어졌다.

"혹시……?"

"흥, 그런 눈으로 잘도 밥 벌어먹겠다."

"이 도둑년!"

차앙! 차앙!

매상옥이 쌍검을 뽑아 들고는 당장에라도 장자이를 찢어발기려 했다. 하지만 장자이는 어느새 살극달의 등 뒤로 숨어버렸다.

"이 쥐새끼 같은 년! 이리 안 나와!"

"네가 무서워서 안 나가는 게 아니거든."

"개소리 집어치우고 오늘 너랑 나랑 둘 중에 한 명 죽자!"

장자이가 고개를 절레절레 흔들더니 한 손으로 살극달의 어깨를 짚고 고개를 쭉 뺐다. 그러고도 키가 닿지 않자 발뒤꿈치까지 들고는 살극달의 귓가에 속삭였다.

"거봐요. 내가 저 인간이랑은 말이 안 통할 거라고 했죠?"

별말이 아니고, 굳이 저렇게까지 할 필요가 없는 상황에서 장자이의 행동은 독고설란과 조빙빙을 어리둥절하게 만들었다. 남자들은 모르겠지만, 여자인 두 사람은 단번에 그 이유를 간파했다.

장자이가 살극달에게 꼬리를 치고 있는 것이다.

"너 같으면 지금 이 상황에서 말이 통하겠어? 여러 말 말고 한판 붙자, 이 도둑년아!"

아무것도 모르는 매상옥이 어금니를 빠드득 갈며 말을 씹어 뱉었다.

"두 사람 다 그만해. 그리고 매상옥은 낫 치워. 장자이는 내가 데리고 온 거야."

매상옥은 연거푸 어금니를 빠드득 갈면서도 일단 얘기는 들어보겠다는 듯 한 발 뒤로 물러섰다.

살극달은 자초지종을 설명하고 독고설란에게 양해를 구했다. 살극달의 말을 한참 동안 듣고 있던 독고설란이 중간에 반문을 했다.

"그러니까 저 아가씨가 자하삼보에 대해 세 가지 질문을 하고, 내가 그 질문에 솔직하게 대답을 해주는 조건으로 해독제를 주기로 했단 말이죠?"

"그런 셈입니다."

"좋아요. 그렇게 하세요."

독고설란은 흔쾌히 수락했다.

매상옥의 눈동자가 별처럼 빛났다.

장자이는 잠시 어리둥절한 표정을 짓더니 물었다.

"그럼 첫 번째 질문이에요. 자하삼보는 실제로 있나요?"

"네, 있어요."

"어디에 있죠?"

장자이가 반색을 하며 물었다.

"그게 두 번째 질문인가요?"

"아, 그럼 잠깐만요."

장자이가 황급히 손을 들어 독고설란의 입을 막았다. 그리고 눈알을 위로 굴리며 골똘히 생각하더니 역시 그 질문이 가장 좋겠다는 듯 다시 물었다.

"네, 두 번째 질문이에요."

장자이의 행동이 귀여워 죽겠는지 독고설란은 손으로 입을 가리며 '폿' 하고 웃음을 터뜨렸다.

조빙빙이 뜨악한 얼굴로 독고설란을 돌아보았다. 그녀가 이렇게 웃는 것을 본 게 얼마 만인지 모르기 때문이었다.

"왜 그러세요?"

장자이가 눈알을 또록또록 굴리며 물었다.

"아니에요, 아무것도."

독고설란은 얼른 신색을 갈무리한 후 자하부의 부주답게 엄중한 목소리로 말을 이었다.

"자하삼보는 자미원에 있어요."
"역시, 그럼 이제 마지막 질문이에요. 자하삼보는 무엇이죠?"
"그전에 해독제를 먼저 줘요."
"대답부터 해줘요."
"해독제가 먼저예요. 싫으면 없던 걸로 하고."
장자이는 입이 한 자나 튀어나와서는 한동안 독고설란을 응시하더니 말했다.
"협상을 제법 잘하시네요?"
"아마 나이로도 내가 언니일 것 같군요."
"그래서 지금 언니 노릇을 하겠다는 건가요?"
"동생이 되고 싶은 생각은 있나요?"
"내가 누군지 알고 있어요?"
"나흘마라는 유명한 도적이라고 하더군요."
장자이가 고개를 쌩 돌리며 매상옥을 찢어 죽일 듯 노려보았다. 매상옥이 눈알을 부라리며 장자이를 아래위로 훑어보았다. '그렇게 노려보면 어쩔 건데?' 라는 표정이었다.
장자이는 팩 토라지듯 고개를 돌리고는 품속에서 작은 목갑을 하나 꺼내더니 가까이에 있는 독고설란을 놔두고 굳이 살극달에게 종종걸음으로 다가와 두 손으로 공손히 내밀었다.
살극달은 목갑을 받아 들고 뚜껑을 열었다.

밀랍으로 싼 작은 단알 두 개가 나왔다. 살극달은 단알을 꺼내 하나는 자신이 갖고 하나는 매상옥에게 주었다.

나흘째 개고생을 한 매상옥은 행여 장자이가 훔쳐 가기라도 할세라 밀랍을 까지도 않은 채 얼른 입안에 털어 넣고 오물오물 씹었다.

살극달은 천천히 밀랍을 벗겼다.

새까만 단알이 콩알 크기로 뭉쳐져 있었다.

살극달이 단알을 입안에 넣고 어금니로 톡 깨뜨리자 찝찝한 맛과 함께 말로는 형용할 수 없는 고약한 냄새가 비강(鼻腔)을 타고 올라왔다.

어딘가 익숙한 냄새며 맛이었다.

그 순간 살극달은 장자이와 눈을 딱 마주쳤다.

장자이가 슬그머니 시선을 돌렸다.

살극달이 재빨리 단알을 뱉으면서 말했다.

"염소 똥이다!"

"우욱!"

대경실색한 매상옥이 손가락을 입안에 넣고 목젖을 건드려 토악질을 했다. 한바탕 속의 것을 쏟아내고도 성에 차지 않는지 매상옥은 입안에 남은 염소 똥의 잔류물을 카악카악 뱉어냈다. 그러고는 일언반구 몽땅 생략한 채 쌍겸을 뽑아 들고 장자이를 향해 온몸을 던져 갔다.

하지만 매상옥은 일 장도 날아가지 못해 우뚝 멈췄다. 좀 전까지만 해도 능청맞게 서 있던 장자이가 감쪽같이 사라져 버렸기 때문이다.

장자이는 이미 저만치 달아나 창틀에 한 발을 걸치고는 금방이라도 뛰쳐나갈 준비를 하고 있었다. 살극달을 포함한 장내에 있던 사람들은 그야말로 어리벙벙한 얼굴이 되었다.

"다가오지 마! 다가오면 확 달아날 버릴 거야!"

장자이가 말했다.

매상옥은 달려가지도 못하고 길길이 날뛰며 육두문자를 퍼부었다.

"이 빌어 처먹을 도둑년아! 창자를 잘근잘근 씹어 먹기 전에 냉큼 내려오지 못해!"

이성을 잃은 매상옥을 제치고 살극달이 나섰다.

"장자이, 지금 뭐하자는 거야?"

장자이는 매우 곤란하다는 표정을 지었다.

"그게… 그러니까……."

"설마 없다는 말을 하려는 건 아니겠지?"

"맞아요. 없어요."

"뭐! 저년이 지금 뭐라는 거야!"

흥분한 매상옥이 길길이 날뛰며 뛰어가려 했다.

살극달이 손을 들어 매상옥의 가슴을 막았다.

살극달이 다시 장자이에게 물었다.

"장자이, 이건 얘기가 다르잖아. 계속 이런 식이면 나도 더는 참지 않을 거야."

"아니에요. 난 당신을 기만한 게 아니에요."

"나와 함께 올 때 넌 분명 해독제를 준다고 했어. 그런데 넌 염소 똥을 주며 사기를 쳤어. 이게 기만한 게 아니라고?"

"염소 똥을 먹었으면 분명 나았다고요."

"지금 장난쳐?"

"아, 미치겠네. 그런데 염소 똥인 건 어떻게 알았대요?"

"맛이 딱 염소 똥인데, 뭘."

"맙소사. 염소 똥을 먹어본 인간이 있을 줄이야."

"장자이, 지금부터 내가 하는 말 잘 들어. 그만하면 충분히 할 만큼 했어. 이제 날 설득시키지 못하면 넌 팔 한 짝을 내놓고 가야 해."

장자이는 그 말이 섭섭한 듯 살극달을 한참이나 바라보더니 울상이 되어 말했다.

"화내지 않겠다고 약속해 줘요."

"그거야 들어봐야 알지."

"약속해 주지 않으면 난 그냥 이대로 가버릴래요."

"그건 말이 안 돼. 네 말대로라면 네가 무슨 말을 해도 난 무조건 참으라는 건데, 그런 말도 안 되는 조건이 어딨어?"

"당신한테는 아무런 피해가 없단 말이에요. 저 뚱보 자식에게도 그렇고. 그냥 기분이 좀 나쁠 뿐이지……."

"너 정말……!"

살극달이 다가가려 하자 어느새 다가온 독고설란이 살극달의 팔을 잡아끌었다.

"그렇게 해요. 뭔가 사정이 있는 것 같은데."

살극달은 몰랐지만 독고설란은 살극달이 팔 하나를 내놓으라고 할 때 장자이의 눈동자에 이슬이 맺히는 걸 보았다.

남자들은 모르는 여자들의 미묘한 감정 변화를 그녀는 놓치지 않았던 것이다.

"좋아, 화내지 않을 테니까 말해봐."

살극달이 말했다.

장자이는 독고설란을 향해 눈을 흘기더니 천천히 입을 열었다.

"실은 두 사람은 중독되지 않았어요."

"저, 저년이 지금 뭐라는 거야?"

매상옥이 낫으로 연거푸 장자이를 가리켜 가며 눈알을 부라렸다. 장자이가 그런 매상옥을 흘겨보고는 다시 살극달에게 말했다.

"처음부터 두 사람은 중독되지 않았어요. 물론 몽혼산을 쓰지도 않았고요."

"사기를 쳤다고?"

"그런 셈이죠."

"운기했을 때 분명 이질감을 느꼈어. 그건 지금도 마찬가지고."

"그건 일종의 속임수예요. 당랑조수(螳螂爪手)라는 일종의 점혈 수법인데, 스치듯 만지며 슬쩍 기를 방사하면 처음엔 모르다가 나중에 단전에서 나쁜 기운이 뭉쳐지며 이질감이 느껴지죠."

"암경(暗勁)이란 얘기군."

"맞아요. 암경."

"하면 왜 처음부터 중독되지 않았다고 하지 않고 염소 똥을 먹인 거야?"

"보고도 몰라요? 그랬다면 분명 길길이 날뛰며 화를 냈을 거잖아요."

"저 말을 믿소? 입만 열면 거짓말인데."

매상옥이 낫으로 장자이를 가리켜 가며 말했다.

"이 멍청아, 한 명이 지키는 사이 한 명은 잠을 자보면 될 거 아냐. 내 말이 거짓말인지 참말인지."

장자이가 버럭 소리를 질렀다.

매상옥은 꿀 먹은 벙어리가 됐다.

살극달이 말했다.

"매상옥, 한번 자봐."

"그러다 저년을 놓치면 어쩌고?"

"내가 책임지고 지키고 있을게."

"약속할 수 있소?"

"염려 마. 그녀의 경신 공부가 뛰어나긴 하지만 작심하고 잡으면 못 잡을 것도 없어."

"알았소. 단단히 지키고 있으시오."

매상옥이 멀리 갈 것도 없이 탁자 위로 올라가 벌러덩 드러누웠다. 그러나 그는 등을 대자마자 발작적으로 일어나며 외쳤다.

"저년의 말이 거짓말이면 난 죽는 거잖소!"

"설마 또 거짓말을 하겠어?"

"여태 보고도 그런 소리를 하시오? 처음엔 도둑질을 하러 온 게 아니라고 했다가 이제는 자하삼보가 어디 있느냐고 묻고, 술을 마시자고 했다가 독을 타고, 해독제라고 염소 똥을 주고, 이제는 또 하독을 하지 않았다고 하고. 입만 벙긋하면 하나같이 거짓말인데 대체 어떻게 믿는단 말이오?"

"방법이 없잖아."

"그럼 살 형이 자보시오. 내가 지킬 테니까."

어느새 탁자에서 내려온 매상옥이 손바닥을 내밀어 탁자를 가리켰다.

"난 아직 견딜 만해. 다만 멀리 갈 일이 있어서 기왕이면 해독하고 가려고 그런 거지."

살극달의 뻔뻔한 태도에 매상옥의 얼굴이 썩어문드러졌다. 그때 창가 쪽에서 요사스런 웃음소리가 터졌다.

"까르르! 중독된 게 아니라고 해도 믿지를 않네. 내가 이대로 사라져 버리면 끝까지 의심할 거 아냐? 그럼 잠 한 번 자는

데 목숨을 걸어야겠네? 멍청한 것들."

말과 함께 장자이는 창문을 훌쩍 넘어가 밤하늘로 사라져 버렸다. 매상옥이 쌍검을 뽑아 들고는 재빨리 뒤를 쫓았다.

남은 세 사람은 그야말로 멍한 표정이 되어 두 사람이 사라진 창문을 바라보기만 했다. 잠시 후 독고설란이 살극달에게 다가와 물었다.

"멀리 갈 일이 있다는 게 무슨 뜻이죠?"

"낙뢰혼에 대해 알아볼 것이 있습니다. 뭔가 미심쩍은 게 있는데, 마침 그걸 알 만한 사람이 있습니다."

"얼마나 걸리죠?"

"짧으면 사흘, 길면 나흘 정도."

"머지않아 가로회의가 열릴 거예요."

"그전에는 돌아올 겁니다."

독고설란은 선뜻 살극달을 놓아주지 못했다.

오래전 그날 혈귀대주도 똑같은 말을 하고 떠났는데 돌아오지 못했다.

살극달은 독고설란이 무슨 걱정을 하는지 알고 있었다.

"부주, 신뢰가 무엇이라고 생각하십니까?"

"……?"

"내게 힘이 있는 한 그는 나를 물어뜯지 못할 것이다. 그게 내가 생각하는 신뢰입니다."

독고설란은 눈동자를 크게 뜨고 살극달을 응시했다. 그가 무슨 말을 하려는지 알고 있었기 때문이다.

"부친의 검공은 남무림 최강이었습니다. 그 사실을 잊지 마십시오."

"명심할게요. 한시도 쉬지 않고 온 힘을 다해 수련할게요. 그래서 꼭 강해질게요. 모두가 나를 신뢰할 수 있도록."

독고설란은 살극달의 손을 꼭 잡고 씩씩하게 고개를 끄덕였다.

第七章
동행을 만나다

비룡잡호
秘龍潛湖

 살극달이 자하부를 나온 것은 다음날 아침 동틀 무렵이었다. 독고설란의 명으로 혈귀대주의 부고를 그의 친족들에게 전한다는 형식을 취했지만, 그게 진짜가 아님은 적들도 알고 있었다.

 때문에 적들은 무슨 음모를 꾸미는지 알기 위해 추격자를 붙였다. 하지만 살극달은 개의치 않았다. 마음만 먹으면 언제라도 그들을 따돌릴 수 있었고, 경우에 따라선 제거할 수도 있었기 때문이다.

 한데 살극달이 손을 쓰기도 전에 추격자들이 하나둘씩 사라졌다. 누군가 그들을 제거하며 살극달의 뒤를 따르고 있는 것이다.

 머지않아 살극달은 그를 만날 수 있었다.

 귀양부를 막 벗어나 운남성으로 향하는 고갯마루를 지날 때 한 사람이 그를 기다리고 있었다.

 청의 경장에 흑갈색의 준마를 타고 죽립을 깊게 눌러썼는데, 허리춤엔 협봉검 한 자루를 찬 호리호리한 몸매의 검사였다.

 청의인이 손가락 끝으로 죽립을 살짝 추켜올렸다. 죽립 속에 숨어 있던 얼굴이 백일하에 드러났다. 이마 위로 흘러내린 탐스러운 머리카락, 별빛 같은 눈동자, 그린 듯 아름다운 이목구비······.

 살극달이 짐작한 대로 오공녀 조빙빙이었다.

 "부주께서 보내셨어요."

 "그렇소?"

 살극달은 반 공대를 했다.

 자미원에서 일전을 벌인 후 조빙빙은 더욱 냉랭하게 굴었고, 살극달은 오히려 말을 편하게 해버렸다. 조빙빙에 대한 신뢰가 깊어졌기 때문이다. 한 사람은 의구심을 증폭시킨 반면 한 사람은 상대를 신뢰하게 된 이상한 상황이었다.

 "당신을 위해서가 아니에요. 부주께선 혈귀대주를 잃은 것처럼 당신을 잃고 싶지 않아서 나를 보내신 거예요. 그러니 여러 말 마세요."

"그런데 왜 오공녀인 게요?"

"내가 동행하고 있다는 걸 알면 적들도 함부로 도발하지 못할 테니까. 최소한 공개적으로는."

"그게 전부요?"

"솔직히 말하죠. 부주께서 걱정하시기에 내가 가겠다고 했어요. 난 당신을 부주께 천거한 사람이에요. 당신이 무슨 일을 하려는 건지 알아야 할 권리가 있어요. 내 말에 문제가 있나요?"

"결론은 함께 가겠다는 거지요?"

"그래요."

"그럼 그럽시다."

살극달이 말했다.

긴 대화에 비해 너무나 간단한 결론에 조빙빙은 순간적으로 어리둥절했다.

살극달의 말이 이어졌다.

"단 조건이 있소. 첫째, 내 명령에 무조건 복종할 것. 둘째, 숲에 있는 수하들은 모두 돌려보낼 것. 셋째, 돈이 필요한 일이 있으면 모두 오공녀가 댈 것. 지킬 수 있겠소?"

조빙빙은 살극달이 그녀를 바라본 것보다 두 배는 더 긴 시간 동안 살극달을 노려보았다. 그리고 손을 들어 바깥으로 휘저었다.

잠시 후, 한줄기 바람이 숲을 관통하며 초목이 미세하게 흔들리다가 멈추었다.

 살극달은 만족한 듯 미소를 짓고는 말을 달려 조빙빙을 지나쳤다. 조빙빙 역시 황급히 말머리를 돌려 살극달의 뒤를 따랐다.

 남선북마(南船北馬)라는 말도 있듯이 장강을 경계로 대륙의 남쪽 지방은 배를 한 번이라도 통하지 않고서는 백 리 이상을 갈 수가 없다.

 그로 말미암아 생겨난 문제가 바로 어딜 가든 여정이 지나치게 오래 걸리고 복잡하다는 것이다.

 때문에 살극달과 조빙빙은 최대한 말을 타고 이동하되 육로가 끊긴 곳에서는 말을 배에 싣고 강을 건넜다. 그리고 강을 건넌 다음에는 다시 말을 달렸다.

 하지만 모든 나룻배가 말을 실을 수 있는 건 아니었다. 그럴 땐 타고 온 말을 헐값에 팔아넘기고 강을 건넌 다음에 새로운 말을 사서 갈아탄 다음 달렸다.

 말을 구할 수 없을 땐 경공을 펼쳤다.

 보법과 신법은 초식의 문제지만 경공은 내공의 문제다. 허공에서 여덟 번 발을 교차한다는 극쾌의 신법 운룡대팔식(雲龍大八式)을 익힌 곤륜의 젊은 고수가 삼재보(三才步)를 익힌 개방의 늙은 고수를 따라잡을 수 없는 이유가 거기에 있다.

 조빙빙의 내공 공부는 탄탄했다.

가파른 산악의 경사며 우거진 수림을 지날 때도 숨을 거칠게 몰아쉬기는 했지만 한 번도 살극달을 놓치는 법이 없었다. 다르게 말하면 숨이 턱 밑까지 차오르는 와중에도 힘든 내색 한 번 하지 않았다.

 이걸 단지 내공이 탄탄하다고만 말할 수 있을까?

 조빙빙은 지독한 독종이었다.

 한 번쯤은 숨을 돌리자고 할 법도 하건만, 절대 피해를 주지 않겠다는 듯 혹은 약한 모습은 보이고 싶지 않다는 듯 죽어라 달렸다.

 살극달 역시 그녀의 사정을 봐주지 않았다.

 골탕을 먹이려고 그러는 게 아니었다. 그에겐 시간이 그리 많지 않았고, 언제부턴가 새롭게 따라붙기 시작한 추격자들을 따돌리기 위해서라도 어쩔 수가 없었다.

 살극달의 이런 생각과 달리 조빙빙은 말할 수 없이 복잡한 심경이 되었다. 애초 그녀가 자하부를 떠나 동행하게 된 것은 살극달을 감시하자는 측면도 있었지만, 아군이라는 전제하에서 그를 도와야 한다는 생각도 있었다.

 하지만 한나절을 달리고 보니 조빙빙은 처음부터 살극달에겐 도움이 필요없었다는 걸 깨달았다. 그는 충분히 강했다. 그 강함이 어느 정도인지는 알 수 없지만 말이다.

 그렇게 각자가 다른 생각을 하며 길도 없는 숲을 달리는 사이 추격자들이 떨어졌다. 살극달은 강을 타고 십 리 정도를 헤엄쳐 간 다음 한 점의 발자국도 남지 않을 바위산으로 방향을 잡음으로써 혹여나 있을지 모르는 또 다른 추격의 끈을 확실하게 끊어버렸다.

그리고 다음날 아침, 두 사람은 광활한 수림을 지나서 만난 커다란 판옥선에 몸을 싣고 몇 번째인지도 모를 강을 건너고 있었다.

굵은 판자로 바닥을 평평하게 이어붙인 판옥선은 미곡 운반이 잦은 강남의 특성에 맞춰 가장 효율적인 형태로 발전되어 온 배였다.

가을걷이가 모두 끝난 탓인지 미곡은 보이질 않았다. 하지만 족히 삼십 명은 될 듯한 선객이 타고 있어 배는 이미 만원이었다.

사람들 대부분은 뱃전에 쳐놓은 차양 아래에 따개비처럼 붙어 앉아 강남의 뜨거운 볕을 피하고 있었다.

살극달은 오히려 그런 사람들을 피해 선미의 갑판 난간에 등을 붙이고 앉아 운기행공을 했다.

오늘로 꼭 닷새째 잠을 자지 못했다.

과거 세상을 떠돌면서 그가 만난 이국(異國)의 기인들 중에는 평생 잠을 자지 않고 수도를 하는 수도승도 있었다.

그때 배운 명상법을 중원의 호흡법에 접목하니 수면 부족으로 인한 피로 정도는 말끔하게는 아니지만 어느 정도는 씻을 수 있었다.
 수없이 많은 물줄기가 결국 바다에서 하나로 만나는 것처럼 그는 만류귀종(万流歸宗)의 이치를 몸소 체험하고 있었다.
 적어도 몽혼산으로 인해 죽는 위험에선 벗어난 것이다. 그 대가로 그는 잠이라는 달콤한 행위를 포기해야 했다. 그리고 운기행공을 하는 반 시진 동안은 아무것도 할 수 없었다.
 그나마 이렇게 배를 타고 이동하는 시간을 이용함으로써 시간을 아끼는 것만으로도 다행이라면 다행이었다.
 살극달이 운기행공을 끝냈을 때는 조빙빙이 곁을 지키고 있었다. 죽립으로 얼굴을 가리고 협봉검을 가슴에 품은 채 비스듬히 난간에 기대어 조는 듯 앉아 있었지만, 그녀가 호법을 서고 있었다는 걸 살극달은 모르지 않았다.
 "혈귀대주는 어떤 사람이었죠?"
 조빙빙이 물었다.
 그리고 한마디를 덧붙였다.
 "어렸을 때 말이에요."
 한 사람이 한 사람을 완벽하게 이해한다는 것이 가능한 일일까? 십여 년 동안 한솥밥을 먹었지만 하원일이 어떤 녀석인지 한마디로 정의하는 것은 어려웠다.
 "부주와 똑같은 질문을 하는구려."
 "부주께서 그렇게 물으셨나요?"
 "처음 만난 날 묻더군. 녀석의 어린 시절은 어땠냐고."

조빙빙은 말이 없었다.

죽립으로 얼굴을 가리고 있어서 표정을 알 순 없었지만, 그녀 역시 궁금해하고 있었다. 독고설란이야 마음을 준 사람이니 그렇다 쳐도 조빙빙은 왜 하원일의 어린 시절이 궁금한 걸까?

"한마디로 골칫덩어리였지."

"……?"

"하루는 녀석의 동무가 대장간으로 부리나케 달려와서 그럽디다. 주루에서 큰 싸움이 났는데 동생들이 연루된 것 같다고. 아침을 먹다 말고 달려갔더니 악명이 자자한 광산촌의 주먹 일곱이 처참한 몰골로 뻗어 있었소. 반면 원일이와 녀석들은 탁자에 앉아 한가하게 술을 마시고 있었지. 얼굴에 시퍼렇게 멍이 들어가지고서는."

"……."

"왜 싸웠느냐고 물었더니 놈들이 그랬다는 거요. '네놈들은 세 명이 한꺼번에 덤비지 않으면 아무것도 아니라며?' 라고. 그래서 원일이가 '대신 세 명이 함께하면 아무것도 두렵지 않지' 라며 놈들을 흠씬 두들겨 팼다고 하더군요."

죽립 속에서 엷은 바람이 새어 나왔다.

소리도 나지 않고 얼굴도 볼 수 없었지만 살극달은 조빙빙이 피식 웃음을 터뜨렸다는 걸 알 수 있었다.

"그 후로도 녀석들은 광산촌의 감독관들과 어울려 다니며 나쁜 짓을 일삼았지. 점점 집을 떠나 있는 날이 많아졌고, 돌아올 때면 늘 몸에서 피 냄새가 났소. 그래서 좀 놀랐소. 자하부로 갔을 때 뜻밖에도 많은 사람이 녀석을 좋아해서."

"아마 좋아하는 여자를 만났기 때문일 거예요. 사랑은 사람을 바꾸게 하니까."

"좋은 여자 같더군요."

당연히 독고설란을 두고 하는 말이었다.

잠시 침묵이 흐른 후 조빙빙이 물었다.

"당신에겐 어떤가요?"

"뭐가 말이오?"

"모든 남자들이 그랬죠. 말갛게 웃는 사저의 얼굴을 보고 있노라면 무슨 짓이든 할 수 있을 것 같다고. 사저… 아름답지 않나요?"

"안 들은 걸로 하겠소."

살극달은 몸을 일으켜 강바람을 쐬었다.

그때쯤 배는 우거진 밀림 속으로 접어드는 중이었다. 강이라고는 하나 폭은 겨우 오십여 장을 넘지 않았다. 덕분에 강을 향해 치렁하게 늘어뜨린 나뭇가지들이 손만 뻗으면 닿을 것처럼 가깝게 느껴졌다.

그때 황포선의 후미에서 거룻배 한 척이 노련한 사공의 노질을 따라 이쪽저쪽으로 흔들리며 천천히 따라오는 모습이 보였다.

어쩐지 사람을 편안하게 만드는 흔들림이었다. 그 모습이 한적한 강촌의 풍경과 잘 어울렸다.

금사강(金砂江)이나 민강(岷江)처럼 큰 강이 아니라면 강남의 강은 대부분 이런 식이었다.

하지만 무시할 게 못 된다.

강남 전역에 거미줄처럼 뻗은 이런 수로야말로 강남이 오늘날의 번영을 누릴 수 있게 해준 원동력이니까.

그때 한줄기 미풍이 불어와 볼을 간질였다.

살극달은 장고에 잠겼다.

원일의 주검은 찾았지만 소추와 대광의 주검은 찾지 못했다. 녀석들은 어디쯤에서 백골로 썩어가고 있을까? 인적없는 산길에서 백골이 되어가고 있진 않을까?

맘씨 좋은 승이라도 만났다면 넋이라도 달랠 수 있으련만 대저 무림인들의 행사란 은밀한 경우가 많아서 그럴 가능성은 적었다.

어쩔 수 없었다.

주검을 찾는다고 죽은 녀석들이 다시 살아나는 건 아니다. 흉수를 찾아 그들에게 죗값을 묻는 것으로 녀석들의 원혼을 달래주는 것이 먼저다. 주검을 찾는 일은 나중의 일이었다.

이미 정리했던 마음이지만 그렇게 곱씹으니 마음이 좀 편해졌다. 동생들을 부탁한다는 양부의 마지막 유언은 여전히 귓전에서 맴돌고 있었지만.

그때 살극달의 눈에 이상한 광경이 들어왔다.

살극달이 그랬던 것처럼 선객들이 모여 있는 차양을 피해 배의 한쪽 구석 난간에 등을 기대고 앉은 사내가 있었다. 그의 얼굴에선 굵은 땀방울이 비 오듯 흘러내리고 있었다.

햇살이 뜨겁기는 했지만 저토록 땀을 흘릴 만큼 덥지는 않았다. 무언가 심상치 않은 일이 벌어진 것이다.

하지만 살극달의 시선은 사내가 아닌 다른 사람을 향하고 있었다. 사내의 곁에서 연방 흐르는 땀을 닦아주고 있는 여자아이였다.

열대여섯 살 정도 되었을까?

묘족 여자아이들이 햇볕을 가릴 때 쓰는 초립(草笠)을 썼는데 언뜻언뜻 보이는 초립 아래의 얼굴이 예사롭지 않았다.

촌구석의 계집아이들이나 입는 거친 갈의를 입고 얼굴엔 가짜임이 틀림없는 주근깨를 곳곳에 뿌려놓았지만, 그런 걸로는 감출 수 없는 무언가가 있었다.

깊은 산속 옹달샘에 고인 찬물처럼 맑고 풋풋하면서도 눈송이처럼 내려앉은 눈썹을 보고 있노라면 한편으로는 숨이 막힐 듯한 아름다움이 그녀에겐 있었다.

청순함과 요염함을 동시에 갖춘 아름다움이랄까. 어린 나이에 예사롭지 않은 미모였다.

그리고 낯이 익었다.

분명 어디선가 본 듯한데 잘 기억이 나지 않았다. 살극달은 그들에게 다가간 다음 사내에게 물었다.

"괜찮으시오?"

"별일 아니니 상관 마시오."

"병세가 심각한 듯하오만."

"상관 마라니까!"

사내가 살극달을 올려다보며 날카롭게 쏘아붙였다. 땀을 뻘뻘 흘리는 와중에도 눈동자에서 강렬한 투기가 뿜어져 나왔다.

그 순간 사내가 토혈을 했다.

곁에 있던 여자아이가 재빨리 수건을 받쳐 피를 받아냈다. 그러고는 혹여 사람들이 눈치를 챌까 봐 피 묻은 수건을 두 손으로 감추기에 바빴다.

살극달은 사내가 토혈하는 순간부터 그의 앞에 쪼그리고 앉아 사람들의 시선을 가려주었다.

"고마워요."

살극달의 의도를 알아차린 여자아이가 가볍게 고개를 숙였다. 어린 나이에도 눈치가 예사롭지 않았다.

"내상을 입은 거냐?"

살극달이 여자아이에게 물었다.

"감히 뉘에게 하대를……!"

사내가 쌍심지를 켜고 한 손을 바닥에 짚었다. 그의 손바닥 아래에는 돌돌 말린 거적이 있었다. 거적 속에는 검이 숨겨져 있음이 분명했다.
 살극달은 이들이 무림인이며 부상을 입은 후 정체를 숨긴 채 도주 중이라는 걸 한눈에 알아보았다.
 "적교, 가만히 계세요."
 여자아이가 냉엄하게, 그러나 걱정이 가득 담긴 얼굴로 꾸짖었다. 이로써 두 사람의 관계를 살극달은 짐작할 수 있었다. 아마도 적교라는 사내는 여자아이의 호위무사일 것이다.
 "하지만 이자가 감히 소공녀께……."
 "소란을 일으킬 작정이에요?"
 여자아이의 말에 적교라 불린 사내가 한발 물러났다. 하지만 언제라도 검을 뽑을 수 있게 살극달을 노려보며 경계심을 늦추지 않았다.
 여자아이가 살극달을 돌아보며 말했다.
 "못 본 척해주실 거죠?"
 "저대로 놔두면 너의 동료는 반나절 안에 숨통이 끊어질 거다."
 "알고 있어요."
 "그가 죽도록 내버려 둘 셈이냐?"
 "혹시 무림인인가요?"
 여자아이의 얼굴에 화색이 돌았다.
 그러나 곧 살극달의 엉덩이에 매달린 박도를 보고는 실망하는 표정을 지었다. 녹은 이미 제거되었지만 칼집도 없고 날도 세우지 않은 채 요대 사이에 삐딱하게 꽂혀 있는 박도에서 살극달을 그저 그런 잡인으로 생각한 것이다.

　강남인들에게 박도는 무기라기보다는 도구에 가까웠고, 실제로도 먼 길을 떠나는 남자라면 박도 하나씩 허리에 차지 않은 사람이 드물었다.

"그만 돌아가 주세요."

　여자아이의 목소리가 다시 냉엄해졌다. 제 감정을 조절하면서도 사람을 상대하는 화술이 몸에 밴 여자였다. 분명 명가의 핏줄이었다.

"원한다면."

　살극달은 미련없이 몸을 일으켰다.

　조금 심했다고 생각했는지 여자아이가 갑자기 말했다.

"잠을 자면 죽게 되는 독을 아세요?"

　살극달이 걸음을 멈추고 천천히 돌아보았다.

　눈동자는 튀어나올 듯 커져 있었다.

　여자아이의 눈에는 무슨 그런 독이 있느냐는 표정으로 읽혔나 보다.

"역시 모르시는군요. 평소엔 아무렇지도 않다가도……."

"얼마나 잤지?"

"아시는군요?"

　여자아이가 고개를 들고 눈을 동그랗게 떴다.

　살극달은 서둘러 자리에 앉아 적교의 손목을 잡고 진맥을 했다. 당황한 적교가 황급히 손목을 빼려 했지만 마치 코끼리에게 물린 듯 꿈쩍도 하지 않았다.

대경실색한 적교가 다른 손으로 거적을 풀고 검을 집어가려는 순간, 여자아이가 황급히 적교의 손목을 잡았다.

"기다려 봐요."

적교는 잠시 어쩔 줄을 몰라 살극달과 여자아이를 번갈아 보았다. 그사이 살극달은 적교의 혈도 속으로 진기를 흘려보내 내상을 관찰했다.

한줄기 심유한 진기를 느낀 적교의 얼굴이 딱딱하게 굳었다.

잠시 시간이 흐른 후 진맥을 끝낸 살극달이 여자아이에게 물었다.

"언제부터 이렇게 됐지?"

"오늘 아침부터요. 몽혼산에 중독된 후 닷새째 잠을 자지 못하다가 오늘 잠깐 졸았는데, 정말 잠깐 졸았는데 갑자기 현기증을 느끼며 쓰러졌어요. 그리곤 계속 토혈을 하고 있어요. 그런데 어떻게 몽혼산을 알죠?"

"나도 닷새째 잠을 못 자고 있다."

"그럼 무사님도······?"

"확실하진 않지만, 몽혼산에 중독된 걸로 의심하고 있지."

여자아이의 눈동자가 화등잔만 하게 커졌다.

살극달도 놀라긴 마찬가지였다.

몽혼산은 맹독이면서 동시에 괴독(怪毒)이다. 같은 독성을 지녔다고 해도 몽혼산은 다른 독에 비해 훨씬 귀했다.

그런데 이곳까지 와서 몽혼산에 중독된 사람을 보게 된 것이다.

몽혼산은 장자이의 전유물이 아니었으니 이들에게서 장자이와의 연관성을 찾는 것은 무리였다. 그럼에도 불구하고 살극달은 어쩐지 쉽게 흘려보내지지가 않았다.

"몽혼산을 제거할 수는 없다. 하지만 토혈을 멈추고 현기증을 없애줄 수는 있다. 괜찮겠니?"

여자아이가 그것만이라도 감지덕지라는 듯 다급하게 고개를 끄덕였다.

살극달은 다시 적교를 보며 말했다.

"대단한 대법은 아니오. 하지만 당신이 조금이라도 의심을 하고 저항하면 그 즉시 주화입마에 빠져 인성은 사라지고 야성만 남은 미치광이가 될 거요. 그럴 조짐이 조금이라도 보이면 난 즉시 손을 멈추고 당신을 죽일 거요. 내 말 이해하겠소?"

적교는 여자아이를 바라보았다.

미치광이가 되거나 죽는 것은 두렵지 않지만 여자아이를 지켜주지 못할까 봐 걱정된다는, 그게 어떻게 얼굴에 다 나타날 수 있는지 모르지만 살극달이 보기엔 그런 얼굴이었다.

여자아이는 말없이 적교의 손을 잡아주었다.

적교가 다시 살극달을 보며 말했다.

"염치없지만 부탁하겠소."

"발을 내미시오."

적교가 발을 뻗었다.

살극달은 그의 신발을 벗겼다.

용천혈이 꺼멓게 죽어 있는 것이 독기가 아래까지 내려온 모양이었다. 살극달은 즉시 용천혈에 장심을 대고 진기를 불어넣기 시작했다.

적교는 전신의 기문을 열고 살극달의 진기를 받아들였다. 처음엔 시냇물 같은 작은 물줄기로 시작됐다. 시냇물은 흘러서 어느새 계곡이 되고, 계곡은 다시 강이 되었다.

쏴아아!

맑은 강물 흐르는 소리가 적교의 머릿속에서 들렸다. 무슨 조화를 부렸는지 온몸이 날아갈 듯 가벼워지며 현기증이 사라지는 것 같았다.

신기한 노릇이었다.

한줄기 희망을 엿본 적교는 마지막 의구심을 떨쳐 내며 몸 안의 모든 기운을 눈앞의 사내에게 내맡겼다. 두 다리를 타고 올라오는 강물은 점점 빠르게 북상을 하며 그의 관원혈(關元穴)에 이르렀다.

그때였다.

온순하던 강물이 돌연 성난 노도로 변하더니 그의 관원혈에 부딪쳐 왔다. 관원혈은 하단전으로 향하는 관문이었다.

"허억!"

적교가 시커먼 핏물을 토해냈다.

그의 머릿속에서 일성이 터졌다.

[정신 차려!]

이 순간 적교는 선택의 기로에 있었다.

눈앞의 사내가 만약 적이라면 그는 죽는다.

사내를 믿어야 할지 말아야 할지 판단이 서지 않는 상황에서 살극달의 진노한 전음이 다시 한 번 터졌다.

[멍청하긴, 당신을 죽이려면 이런 방법까지도 필요없다!]

그 한마디에 적교는 모든 의심을 버렸다.

그 순간, 노도가 다시 한 번 관원혈에 부딪쳐 왔다.

성벽이 무너지는 듯한 굉음이 적교의 머릿속에서 울렸다. 관원혈을 뚫은 노도는 무섭게 치달렸고, 이내 기해혈(氣海穴)에 풍덩 빠져들었다.

기해혈은 말 그대로 기의 바다다.

바다가 풍랑을 만난 것처럼 요동쳤다.

적교의 하단전에 남아 있던 진기가 산더미처럼 높이 솟구치더니 전신의 혈도를 향해 빠른 속도로 퍼져 나갔다. 기운을 이끄는 것은 처음 기해혈로 뛰어들었던 눈앞의 사내, 그의 의지였다.

적교는 갑작스러운 충격을 이기지 못하고 온몸을 부르르

떨었다. 기의 파도는 중단전을 거쳐 상단전을 장악하더니 태풍이 세상의 모든 더러움을 씻어버리듯 한동안 적교의 뇌를 돌아다니다 용천혈을 통해 거짓말처럼 한순간에 빠져나가 버렸다.

그때부터 평화가 찾아왔다.

적교는 경련을 멈추었고, 살극달은 그의 용천혈에서 손을 뗐다.

"적교, 괜찮아요?"

여자아이가 물었다.

적교는 어리둥절한 얼굴로 말했다.

"그런 것… 같습니다."

적교의 목소리에는 어느새 생기가 돌았고, 눈동자는 정광으로 번뜩였다. 그는 사지를 이리저리 움직여 보더니 귀신에 씐 것 같은 얼굴이 되었다.

여자아이가 살극달을 돌아보더니 갑자기 일어서서 포권을 했다.

"큰 은혜를 입었습니다. 사정이 있어 저의 작은 이름을 말씀드릴 수는 없지만, 무사님의 존함을 말씀해 주시면 언젠가 꼭 찾아뵙고 인사를 드리고 싶습니다."

"그대들이 흉신악살이 아니기만을 바라오."

살극달은 가볍게 한마디를 던지고 원래의 자리로 돌아와 버렸다. 그가 다시 난간에 기대어 강변을 바라보는데 조빙빙이 물었다.

"흉신악살이 아니라는 거 이미 알고 있었죠?"

"사람이 만두도 아닐진대 그 속을 어찌 알겠소?"

"당신은 분명 알았을 거예요."

"왜 그렇게 생각하시오?"

"부주께서 그러시더군요. 당신은 보통 사람은 보지 못하는 것을 보고, 보통 사람은 생각하지 못하는 것을 생각하는 것 같다고. 그래서 어쩌면 보통 사람은 할 수 없는 일을 할지도 모른다고. 노룡처럼 말이죠."

살극달은 조빙빙과의 대화를 멈췄다.

자신에 관한 얘기라면 별로 하고 싶은 생각이 없었다. 살극달은 대신 멀지 않은 곳에서 삿대를 열심히 찍고 있는 사공에게 물었다.

"대리(大理)로 가는 배는 항시 이렇게 만선이오?"

"그럴 리가요. 이 배만 그렇습니다. 장강까지 오가는 여선 중 아마 가장 장사가 잘되는 배일 겝니다."

"물길이 장강까지 이어진단 말이오?"

"어디 장강뿐입니까? 동정호로도 들어갈 수 있습니다. 강남 땅에서는 튼튼한 배 한 척만 있으면 세 식구가 먹고살지요. 이게 모두 운하 때문입니다."

의외였다.

살극달이 이곳을 마지막으로 다녀갔을 때만 해도 이 강의 물길은 장강과 닿아 있지 않았다. 때문에 그 시절엔 선객이 많지 않았고, 그들을 상대로 한 여선의 숫자도 적었다.

숫자나마나 요강만 한 나룻배 몇 개가 고작이었다. 지금처럼 강을 따라 상류와 하류를 오가는 여선은 한두 척 있을까 말까 했다.

하지만 그사이 여선의 숫자는 백 배 이상 늘어났고, 선객 숫자도 그만큼 늘어났다.

살극달은 몰랐지만 여러 왕조를 거쳐 오면서 수로의 효율성과 경제성을 깨달은 왕들이 운하의 건설에 사활을 걸었기 때문이다.

그것들의 대부분은 강남 땅에 집중되었다.

이미 거미줄처럼 뻗은 자연 수로를 연결만 시켜주면 되는데다, 일단 완성이 되면 강남의 비옥한 물자를 중앙으로 운반하기에도 용이했다.

그러자 이번엔 그 수로를 타고 대륙 전역에서 온 상선들이 강남을 누볐고, 강남인들은 대를 이어 호황을 누렸다.

살극달은 다시 뱃전으로 시선을 돌렸다.

배에 타고 있는 선원들은 모두 넷. 하나같이 뙤약볕에 그을리고 뱃일에 단련된 장한들이었다. 바람이 없을 때는 저들이 배의 이쪽저쪽을 오가며 무려 오 장에 달하는 삿대를 찍었다. 그러면 이 큰 배가 거짓말처럼 움직였다.

반면 선장처럼 보이는 육십 줄의 사내는 뙤약볕 아래 의자를 놓고 앉아 무심한 얼굴로 강을 노려보고 있었다.

왼쪽 다리가 부자연스럽게 굳은 걸 보면 외다리인 듯했다. 아마도 목각(木脚)을 깎아 끼워 맞추고 바지로 감추었을 것이다.

반쯤 걷어 올린 소매 사이로 드러난 팔뚝이 예사롭지 않은 걸 보면 뱃일로 잔뼈가 굵은 듯했다.

선장이 앉은 의자의 곁에는 큼지막한 경섬창(鯨銛槍) 한 자루가 비스듬히 세워져 있었다.

선장뿐만이 아니었다.

선원들도 저마다 장도를 하나씩 옆구리에 차고 있었는데 살극달로서는 무척 생소한 광경이었다.

그건 도구라기보다는 무기에 가까웠기 때문이다. 아니다. 확실히 무기였다.

"수적 때문이죠."

조빙빙이 말했다.

그녀는 죽립의 틈 사이로 난 구멍을 따라 살극달의 시선을 좇고 있었다. 살극달의 시선이 선장과 선원들의 무장에 머물렀다가 의아한 표정을 짓자 그 이유를 설명해 준 것이다.

"수적?"

"운하는 상선만 불러들인 게 아니라 도적떼도 함께 불러들였죠. 예전엔 수적들이 수채를 열면 근동에서만 노략질을 했는데, 지금은 족보도 없는 수적들이 곳곳에서 출몰해요. 관군

들만 믿고 있다간 죽도 밥도 안 되기에 저마다 호신 차원에서라도 무장을 할밖에요."

"사공들이 수적을 당할 수 있겠소?"

"저들이 평범한 사공으로 보이나요?"

"……?"

"왜 유독 이 배에만 손님이 많은지 아세요? 그건 바로 저 선장과 선원들 때문이죠. 어지간한 수적들은 황포 돛만 보고도 도망을 갈 정도로 흉포한데다 무공 또한 출중하죠. 그들은 남해의 악명 높은 해적 출신들이에요."

"해적?"

"선장의 이름은 황충인데, 어떤 사연이 있는지 모르지만 어찌어찌 이곳으로 흘러와 여선을 운영하고 있죠. 강과 바다가 다르다고는 하나 배를 부리는 건 같으니까요."

"선장을 아는구려."

"안면 정도는 트고 지내죠."

"잘됐소. 가봅시다."

"무슨……."

조빙빙은 더 말을 잇지도 못했다.

살극달이 대답도 기다리지 않고 선장에게 다가가고 있었기 때문이다.

살극달이 다가가자 선장은 앉은 자리에서 고개를 꺾어 사뭇 호전적인 눈빛으로 살극달을 올려다보았다. 조빙빙이 얼른 살극달의 곁으로 다가와 죽립을 슬쩍 들어 올렸다.
 "오랜만이에요, 황 노선배."
 "소리비검……?"
 "사정이 있어 변복을 했어요. 모른 척해주세요. 그리고 이 사람은……."
 조빙빙이 돌아보며 소개를 하려는 순간 살극달이 그녀의 말을 가로챘다.
 "하소추와 하대광을 아시오?"

살극달은 무턱대고 말을 던져놓고 노선장의 표정을 살폈다. 사람이란 갑작스러운 질문을 받으면 당황하게 마련이고, 그때의 표정 속에는 많은 의미가 내포되어 있다.

하지만 살극달의 작전은 실패했다.

황포선의 선장 황충은 얼굴에서 일절 표정의 변화를 드러내지 않았다. 마치 비바람에 흔들리지 않은 산중의 바위처럼. 그는 그런 상태로 무뚝뚝하게 대답했다.

"모르오."

"해적 출신이라 들었소. 녀석들도 그쪽 세계에선 제법 이름깨나 날렸다던데."

"모르오. 당신은 누구요?"

이번엔 단순히 모른다는 것으로 끝나지 않고 질문을 해왔다. 이것 역시 의미가 있을 수 있었다.

"녀석들의 형이오."

"혹시 그들이 죽었소?"

'역시 알고 있어.'

"그렇소."

"그렇군. 어쨌든 난 모르는 사람이오."

말과 함께 늙은 선장 황충은 살극달의 어깨너머로 시선을 주었다. 더 이상 대화를 할 생각이 없다는 뜻이다.

굳게 다문 늙은이의 입술은 억지로 열 수 없는 법이다. 살극달은 화제를 돌렸다.

"아까부터 수상한 배들이 따라오고 있다는 걸 아시오?"

살극달의 말에 황충은 앉은 자리에서 고개를 꺾어 황포선의 후방을 바라보았다.

살극달의 말대로였다.

처음에 한 척이었던 거룻배는 어느새 다섯 척으로 불어났고, 작은 뱃전엔 각 십여 명씩 칼을 등에 멘 사내들이 타고 있었다. 그들은 처음의 한가로운 모습과는 달리 맹렬한 속도로 황포선을 추격하는 중이었다.

"강심으로 가라! 전속력으로 간다!"

황충이 자리에서 벌떡 일어나며 우렁우렁한 목소리로 명령을 내렸다. 조용하던 강이 삽시간에 벌 떼를 건드린 것처럼 소란스러워졌다. 황충의 수하들은 배의 네 귀퉁이에서 미친 듯이 삿대를 찍었다.

하지만 소용없었다.

많은 짐을 실을 수 있는 대신 속도가 느린 황포선과 달리 거룻배를 개조한 괴선박은 폭이 날렵하고 양쪽에 힘센 장정들이 일사불란하게 노를 저어 속도가 두 배나 빨랐다.

그때였다.

황충이 어디선가 삼 장 길이의 대나무 장대를 가져와 뱃전에 부려놓자 차양 아래에 있는 선객들 중 장정 대여섯 명이 달려나와 장대를 하나씩 집어 들었다.

그런 다음 누가 뭐라 하지 않아도 각각 배의 양쪽에 자리를 잡고 서서는 힘차게 삿대를 찍기 시작했다.
 그러자 놀라운 일이 벌어졌다.
 육중한 황포선이 속도를 내면서 거룻배와의 거리를 조금씩 벌리기 시작한 것이다.
 "제법이네."
 살극달이 말했다.
 "수적들이 난립하자 자구책으로 선객들도 한 팔을 보태는 것이 어느새 관습으로 굳어진 거죠. 강남의 수로에선 이런 일이 비일비재해요."
 "창과 방패는 언제나 함께 진화를 하는 법이오."
 "무슨 뜻이죠?"
 "저쪽을 보시오."
 살극달은 황포선이 향하는 앞쪽을 가리켰다.
 백여 장 앞쪽의 울창한 숲으로부터 시커먼 배 한 척이 천천히 모습을 드러내고 있었다. 뒤에서 따라오는 거룻배와 모양은 비슷했지만 대신 훨씬 컸다. 거기에 더해 제법 그럴듯하게 용머리도 조각하고 돛대도 세웠다.
 근처에서 구할 수 있는 가장 큰 거룻배를 약탈선으로 개조한 모양이었다. 앞에서 등장한 저 배가 대장선임에는 말할 것도 없었다.
 살극달보다 한 박자 늦게 대장선을 발견한 황충과 선객들이 크게 술렁였다.

그사이 후방에서 따라붙던 배들은 어느새 학의 날개처럼 좌우로 벌어져 속도를 냈다. 강폭이 좁은 탓에 황포선이 뭍으로 향하지 못하도록 방향을 미리 차단하려는 것이다.

처음부터 대장선이 등장했다면 황포선은 분명 뭍으로 향했을 것이다. 때문에 수적들은 후방에서 거룻배를 끌고 나타나 시선을 끄는 한편 황포선으로 하여금 속도를 내게 했고, 대장선이 등장해 진로를 막는 사이 좌우를 점해 버리는 작전을 썼다.

한마디로 황포선은 몰이사냥에 당한 것이다.

촌구석의 보잘것없는 수적치고는 대단한 작전이었다.

"배를 정박하고 전투태세를 갖춰라!"

황충이 말했다.

그때쯤 황포선이 강심에 이르렀다. 황충의 수하들은 철로 만든 육중한 닻을 강심에 던져 배를 고정한 다음 저마다 삿대를 들고 배의 한쪽을 지키고 섰다.

잠시 후 대장선을 포함한 수적들의 거룻배가 황포선을 에워쌌다. 선객들은 공포에 질려 있었다. 사람들이 웅성거리는 사이 수적 대장선은 황포선과 대여섯 장의 간격을 두고 뱃머리를 마주한 채 대치했다.

수적 대장선에는 잡다한 모양의 칼을 든 이십여 명의 수적이 금방이라도 황포선으로 뛰어오를 것처럼 으르렁대고 있었다.

"황 노사, 소제의 인사도 안 받고 어딜 그리 바삐 가십니까?"

누더기 같은 갈의에 궁기가 좔좔 흐르는 털북숭이가 말했다. 아마도 그가 두령인 듯한데 황포선의 선장인 황충과는 제법 안면이 있는 모양이었다.

황충은 일말의 대꾸도 없이 일그러진 표정으로 품속에서 전낭 하나를 꺼내 그것을 수적 대장선으로 던졌다.

털북숭이가 손을 쭉 뻗었지만 맹렬하게 날아가는 전낭을 받기엔 역부족이었다. 전낭은 털북숭이를 지나쳐 뱃전에 철컹 소리를 내며 떨어졌다.

수하들 앞에서 개망신을 당한 털북숭이의 얼굴이 썩어문드러졌다.

"이상하군."
살극달이 말했다.
"뭐가요?"
조빙빙이 물었다.
"분명 조금 전의 그 작전은 매우 훌륭했소. 한데 저놈들은 무장도 그렇고 하는 짓도 그렇고 영락없는 왕초보처럼 보인단 말이지. 뭔가 아귀가 맞지 않소. 저자에 대해 아는 바가 있소?"
"여태갑이라는 자로 근동 백 리의 수로를 장악한 흑수채(黑

水砦)의 채주죠. 강남의 수로엔 그런 수채가 수백 개도 넘죠. 말이 수적이지 사실은 칼 든 거지 떼와도 별반 다를 게 없는 자들이죠."

살극달과 조빙빙이 대화를 나누는 사이 수적 중 하나가 쪼르르 달려가서는 뱃전에 떨어진 전낭을 주워 그의 두령에게 공손히 갖다 바쳤다. 털북숭이 여태갑은 전낭을 열어보더니 인상을 와락 구겼다.

"누굴 거지로 아나……!"

"그거 먹고 떨어지든지 아니면 내 창을 받든지 둘 중 하나를 선택해라."

"황 노사의 배가 호황을 누린 게 다 누구 때문인데, 내 그동안 좋은 게 좋은 거라고 어지간하면 넘어갔는데 계속 이런 식이면 곤란하지."

"끝장을 보겠다면 네놈은 결국 황포선을 차지할 수 있을 것이다. 하지만 네 수하 칠 할은 죽는다. 특히 너는 반드시 내 손에 죽을 것이다. 그만한 각오가 되어 있다면 올라와라."

"옛날에나 해적 두목이었지, 좋은 시절 다 보낸 늙은 다리병신을 누가 무서워할 것이라고……."

황충의 눈썹이 사납게 뻗쳤다.

그가 경섬창을 들고 적선으로 뛰어들려는 순간, 적선의 선실에서 일단의 무리가 천천히 걸어나왔다. 대략 이십여 명이

나 될까?

 그들은 누더기에 잠도를 든 여타의 수적들과는 달랐다. 생긴 것이나 체격은 별반 다를 바 없었지만 하나같이 사나운 기도를 폴폴 풍겼다. 무기 역시 평범한 걸 든 놈이 한 명도 없었다.

 "저놈들 짓이었군."
 살극달이 말했다.
 "그런 것 같군요."
 조빙빙이 말했다.
 "장강수로맹의 수적들이 싸우는 걸 본 적 있소?"
 "자하부가 강북에서 상권을 넓히지 않은 건 아니지만, 전주로 남해를 통해 이국들과 교역하는 일을 맡았죠."
 "그놈들이 딱 저랬소. 무기라고 든 것이 하나같이 겸(鎌), 구(鉤), 과(戈), 괴(拐) 따위의 갈고리가 달린 것들이었지. 그걸로 배를 찍어 당기는 데도 쓰고 사람을 죽이는 데도 쓰고……."
 "도구가 무기가 된 경우군요."
 "효과도 아주 크오. 뱃전의 근접전에서는 창이나 도검보다 자유로울 뿐만 아니라 제대로 꽂아 당기면 사람의 뱃가죽을 종잇장처럼 찢어놓지. 그 사이로 창자가 흘러내리는 모습을 보여줘서 자신들의 흉성을 퍼뜨리려는 수작이지."

"저들이 장강수로맹의 수적들이란 말인가요?"

"그럴 공산이 크오."

"여긴 장강에서도 한참 내려온 곳인데, 왜 저들이 갑자기 등장한 걸까요?"

"두고 보면 알겠지."

괴인들 중에는 특히 눈에 띄는 사람이 있었다.

청의 장포에 장검을 허리에 찬 청년이었는데, 짙은 눈썹과 뚜렷한 이목구비가 무척이나 잘생긴 얼굴이었다.

황포선 안에는 젊은 여자들도 여럿 타고 있었는데, 두려운 와중에도 미공자를 곁눈질하는 여자들이 적지 않았다.

미공자가 등장하자 여태갑은 공손한 태도로 물러났다. 미공자가 뱃머리에 올라서며 말했다.

"안녕하시오. 난 장강에서 온 적산채(赤山寨)의 부채주 이적풍이라고 하오. 다름이 아니라 오늘 아침 귀하의 배에 우리가 찾고 있는 사람들이 탄 듯한데, 우리가 그들을 찾을 수 있도록 도움을 좀 주셔야겠소이다."

이적풍이 여기까지 얘기했을 때 살극달과 조빙빙은 저들이 찾는 사람들이 누구인지를 눈치챘다. 하지만 살극달도 조빙빙도 후미의 구석으로 시선을 주는 멍청한 짓 따위는 하지 않았다.

이적풍이 말하면서 주변의 사람들 표정을 살피고 있었기

때문이다. 사람들은 저마다 서로를 돌아보며 의아한 표정을 지었다.

그때 황충이 말했다.

"귀하가 찾는 사람이 누군지 모르나 내 배에는 오를 수 없소."

"듣자 하니 과거 바다에서 제법 이름을 떨친 영웅이라지? 장강과 바다가 다르긴 하나 어쨌거나 업계 쪽 선배이시고 하니 내 체면은 세워 드리리다. 노 선배께서 직접 잡아다 건네주시오."

"말귀를 못 알아들었나 본데……."

"천만에. 내 말을 못 알아들은 건 당신이야. 선배 대접 해 줄 때 물건을 넘기라는 말이 어려워? 어디 내가 찍어주랴? 저기 저 귀퉁이에 쭈그리고 앉아 있는 계집과 사내놈 말이야!"

말과 함께 이적풍이 선미의 구석에 있는 여자아이와 적교를 찌를 듯이 가리켰다. 선객들이 일제히 여자아이와 적교를 바라보았다.

하지만 황충은 뒤돌아보지 않았다.

그는 처음부터 두 사람의 정체를 알고 있는 듯 묵묵히 이적풍을 바라보며 말했다.

"그들이 누구든 일단 내 배에 탄 이상 누구도 털끝 하나 건드릴 수 없다."

"영감, 잘 생각해 봐. 난 영감이 무서워서 이리 장황하게 말을 늘어놓는 게 아니야. 저 계집과 사내를 넘겨주면 조용히 돌아갈 거야. 하지만 영감이 끝까지 고집을 피우면 선객들을 죄다 죽여 버릴 거야. 그럼 삽시간에 소문이 퍼질 텐데 장사하실 수 있겠어?"

이 한마디에 선객들 사이에서는 미묘한 기류가 형성되었다. 그들은 누가 먼저랄 것도 없이 적교와 여자아이를 쏘아보며 적개심을 드러냈다.

두 사람 때문에 자신들까지 위험해졌다고 생각한 것이다. 급기야 저들을 넘겨주자는 소리까지 조심스럽게 흘러나왔다.

처음엔 누군가의 속삭이는 한마디로 시작되었던 것이 어느새 점점 커지더니 잠시 후에는 배 안에 있는 사람들이라면 누구나 들을 수 있게 되었다.

"인심 한번 무섭군."

살극달이 중얼거렸다.

"남을 위해서 죽고 싶은 사람은 없죠."

조빙빙이 말했다.

"틀렸소. 지금의 경우엔 내가 죽지 않기 위해 남을 죽이는 거지. 그건 살인과 다를 바가 없소."

"지나친 비약이 아닐까요?"

"그럴지도 모르지."

살극달과 조빙빙이 대화를 하는 사이 사람들의 웅성거림은 극에 달했다. 결국엔 몇몇 사람들이 무기가 될 만한 것들을 아무거나 잡히는 대로 주워 들고는 여자아이와 적교를 에워쌌다. 적교는 벌떡 일어나더니 여자아이를 등 뒤로 감추고 돌돌 말린 거적으로부터 장검을 뽑았다.

"누구든 가까이 다가오는 자가 있다면 맹세코 목을 쳐주겠다!"

적교의 서슬에 놀란 사람들이 움찔 물러났다.

하지만 완전히 달아나지는 않았다. 선객들은 적당히 거리를 둔 상태에서 적교와 대치하며 기회를 엿보았다.

적교와 여자아이에 대한 적개심이라기보다는 어떻게든 장강수로맹의 분노를 달래려는 기색이 역력했다. 장강수로맹은 당금 무림을 좌지우지하는 천하십패 중 한 곳이었다.

과거 마교주가 대륙을 휩쓸고 간 후 무림이 혼란해진 틈을 타 급성장한 장강수로맹은 더 이상 과거의 도적떼가 아니었다.

그들은 장강을 벗어나 대륙의 구석구석까지 손을 뻗치고 있었다. 사통팔달로 이어진 수로가 그것을 가능케 했다.

황포선에서 내분이 이는 사이 황충은 이적풍과 자신의 배에 탄 선객들을 모두 쓸어보며 분명하고 확실하게 말했다.

"선객 중 한 사람의 털끝이라도 다친다면 그 원인이 누구이든 난 반드시 책임을 물을 것이다."

"쯧쯧쯧, 고집도 부릴 때 부려야지. 이래서 늙으면 죽어야 한다니까."

말과 함께 이적풍의 신형이 호롱불처럼 아래로 꺼졌다가 솟구쳐 올랐다. 반탄력을 이기지 못한 뱃머리가 크게 요동치는 사이 이적풍은 대여섯 장을 단숨에 날아왔다.

황충이 체공 상태에 있는 이적풍을 향해 경섬창을 쭉 밀어 넣었다. 경섬창은 본시 고래 잡는 작살에서 유래한 병기였다.

바다의 해적이었던 그가 고래작살을 평생의 성명병기로 선택한 것은 우연이 아니었다.

오랜 세월을 함께한 만큼 경섬창은 그의 손안에서 맹위를 떨쳤다. 육중한 힘이 실린 창날이 이적풍의 심장을 향해 질풍처럼 쇄도해 간 것이다.

면이 없는 것이 면이 있는 것을 찌르면 천하에 뚫지 못할 것이 없다. 하물며 백 근의 무게가 칼끝 같은 점에 실렸으니 더 말할 필요도 없었다. 하지만 문제는 그 점이 면에 닿는가 하는 것이다.

꽝!

어느새 뽑아 든 이적풍의 검이 경섬창의 창간을 두들겼다. 직선으로 찔러가던 황충의 경섬창이 벼락이라도 맞은 것처럼 방향을 틀었다.

그 찰나의 순간 뱃전에 내려앉은 이적풍의 머리 위로 삿대

하나가 떨어졌다. 황충의 수하 중 하나가 기다란 삿대를 이용, 이적풍을 두들겨 간 것이다.

하지만 그 역시 이적풍을 어찌지는 못했다.

황충의 창간을 튕겨낸 이적풍의 검은 순간적으로 방향을 바꿔 그의 머리 위로 휘둘러졌다.

캉!

둔탁한 소리와 함께 장대가 절반으로 뚝 잘려 나갔다. 그 순간, 장대의 끝을 쥐고 있던 황충의 수하가 장대 속에 숨어 있던 검을 뽑아 이적풍을 향해 번개처럼 찔러갔다.

생사투에서 중요한 것은 누가 먼저 검을 뽑았느냐이지만, 그보다 더 중요한 것은 누가 더 빠르냐. 이적풍은 황충의 수하보다 늦었지만 검은 그보다 빨랐다.

안쪽을 파고든 이적풍의 검은 황충의 수하를 그대로 관통해 버렸다. '컥' 하는 신음과 함께 황충의 수하가 쓰러졌다.

그럼에도 불구하고 그는 황충의 도움을 받을 수 없었다. 어느새 이적풍의 뒤를 지키던 수하들이 겸, 구, 과, 괴 따위의 갈고리 달린 무기를 들고 뱃전으로 뛰어들어서는 황충을 포위해 협공을 하고, 또 한편으로는 황충의 남은 수하들을 공격해 갔기 때문이다.

그 후로도 적수채의 도당들까지 줄줄이 올랐고, 황포선의 뱃전은 줄잡아도 삼사십 명은 되는 수적들로 꽉 차버렸다.

"장강수로맹은 반드시 한 말에 책임을 진다. 한 놈도 남기지 말고 모조리 목을 쳐 고기밥으로 던져 주어라!"
 이적풍이 외쳤다.
 장강수로맹의 수적 스무 명을 필두로 흑수채의 두령 여태 갑이 이끌고 온 수하들까지 포함해 개떼처럼 몰려든 수적들이 황포선의 뱃전을 쓸어왔다.
 그 와중에도 황충은 흑수채의 수적 한 놈의 배를 꿰뚫고 양쪽에서 덮쳐 오는 적산채의 수적 두 놈의 가슴을 걸레처럼 찢어발겨 놓는 신위를 보였다.
 거기에 덧붙여 황충의 수하 세 명이 삿대 속에 감추어둔 장검을 꺼내 적들을 맞아갔다. 황충의 수하들 역시 하나같이 사납고 포악해 뱃전은 삽시간에 전쟁터를 방불케 했다.
 하지만 무공의 고하를 떠나 압도적인 수적 열세를 극복하지 못한 황충과 그의 수하들은 점점 밀려났다.
 황포선에 타고 있는 사람들은 대부분 일만 양민들이었다. 무인은 겨우 황충을 포함해 네 명밖에 없었다. 적어도 적들이 보기엔 그랬다.
 그런 사람들을 죽이기 위해 수십 명의 수적이 칼을 뽑아 들고 뱃전으로 뛰어든 상황이 살극달은 영 마음에 들지 않았다.

 "그냥 둬선 안 될 놈들이군."
 "제가 뒤쪽을 맡죠."
 조빙빙이 선미로 신형을 날렸다.

순식간에 선미로 떨어져 내린 그녀는 거룻배를 타고 왔다가 뱃전을 기어 올라오는 수적들을 상대로 한바탕 살계를 열었다.

죽립을 쓰고 팔방풍우로 날아다니며 매서운 검공을 펼치는 조빙빙의 활약에 선객들은 입이 쩍 벌어졌다.

호리호리한 체격과 가느다란 손목으로 보아 여자가 틀림없는데, 지닌바 무공은 범상치 않았던 것이다.

특히 여자아이와 적교의 놀라움은 컸다.

두 사람은 흑수채의 수적들이 등장하는 순간부터 잔뜩 긴장하고 있다가 이적풍이 나타나자 그야말로 사색이 되었던 터다.

그러나 적교를 치료해 주었던 살극달과 일행인 듯한 조빙빙이 무쌍한 무공으로 수적들을 해치우는 것을 보자 이루 말할 수 없는 안도감을 느꼈다.

조빙빙이 수적들을 죽이는 동안 살극달이 선수로 신형을 날렸다. 그가 전권으로 뛰어드는 순간 첫 번째 비명이 울렸다.

"커억!"

흑수채의 수적 하나가 안면에 정통으로 일장을 맞은 것이다. 놈의 머리통이 떨어질 듯 뒤로 꺾였다. 살극달은 이어 좌우로 닥쳐든 수적 두 명의 옆구리를 맨주먹으로 부수고, 또 다른 한 명의 어깨를 수도로 내려앉혔다.

네 명이나 되는 수적들이 찰나의 간격을 두고 연달아 쓰러졌다.

갑작스러운 사태에 당황한 수적들이 움찔 물러나면서 일방적으로 흐르던 싸움이 뚝 멈췄다. 조빙빙과 살극달의 신위에 당황한 적산채의 수적들 중 몇 명이 반사적으로 이적풍의 앞을 막아섰다.

살극달이 이적풍을 향해 다가가며 말했다.

"비켜."

짧고 묵직한 음성이었다.

하지만 그 음성의 여운은 길었다.

살을 에는 듯한 냉기가 뱃전을 휩쓸었다. 적아의 구분을 벗어나 뱃전에 있는 모든 사람은 심장이 요동치는 경험을 했다. 더불어 옴짝달싹할 수 없었다. 투기나 살기로는 설명할 수 없는 정체불명의 압박감이 그들의 어깨를 무겁게 짓눌렀던 것이다.

"배에 고인이 타고 있었군."

이적풍이 말했다.

그는 살극달을 아래위로 훑고는 재우쳐 말을 이었다.

"난 장강수로맹의 적산채 부채주……."

"비켜."

살극달이 거듭 말했다.

이적풍의 앞을 막아선 적산채의 수적들을 향한 말이었다.

그의 이 말속엔 이적풍의 말 따위는 듣고 싶지 않다는 뜻과 반드시 이적풍의 목을 따겠다는 뜻, 길을 비켜주면 졸자들은 살 수 있다는 뜻 등이 함께 내포되어 있었다.

이 짧고 간단한 말에 말이다.

모욕을 당했다고 생각한 이적풍의 눈썹이 사납게 꺾였다.

"누군지 모르나 장강수로맹의 행사를 방해했다간 결코 무사하지 못할 것이오. 지금이라도 조용히 물러난다면 그대의 목숨만큼은 살려줄 용의가……."

"크아악!"

날카로운 비명이 이적풍의 말을 잘랐다.

어느새 박도를 뽑아 든 살극달이 가장 가까이에 있는 한 놈의 상박을 사선으로 갈라 버린 것이다. 핏물이 터지며 수적의 하체가 허물어졌다.

하지만 그건 시작에 불과했다.

"크허억!"

"으아악!"

"아아악!"

번쩍이는 섬광, 섬광의 궤적을 따라 터지는 핏물, 뒤늦게 이어지는 비명이 뱃전을 울렸다.

"죽여라! 놈은 하나다!"

이적풍이 발작적으로 외쳤다.

그의 명령이 떨어지기가 무섭게 적산채의 수적들이 겸, 구,

과, 괴 따위의 갈고리 달린 물건들을 꼬나 쥐고는 흉성을 뿌리며 살극달을 덮쳤다.

살극달은 묵묵히, 그러나 냉엄하기 짝이 없는 표정으로 수적들을 쓸어갔다. 이미 두 차례나 기회를 주었던 터라 그의 손속엔 한 줌의 사정도 없었다.

까강깡깡!

연속되는 금속성과 그 금속성 아래 가죽 포대가 터지는 듯한 파열음, 비릿한 혈향, 비명, 그리고 쓰러져 뒹구는 자들의 억눌린 신음이 거친 신음과 뒤섞였다.

사방 예닐곱 평의 뱃전은 삽시간에 지옥도로 변해 버렸다.

수적들은 경악했다.

애초 그들은 뱃전에 뛰어들었을 때 살극달을 이미 발견했었다. 하지만 요대 사이에 아무렇게나 찔러 넣은 그의 박도를 보고는 실소를 지었다. 그러나 그들의 예상은 한참이나 빗나간 것이었다.

황충을 비롯한 뱃전의 사람들 역시 석상처럼 굳어버렸다. 뭐가 어떻게 되었는지도 모른다.

선객 중 하나가 갑자기 튀어나오더니 양 떼 속에 뛰어든 사자처럼 뱃전을 채운 수적들을 한바탕 휘젓고 나니 십여 명이나 되는 수적들이 터진 옆구리를 부여잡고 쓰러졌다.

그건 거의 동시라고 할 만큼 빠르게 일어났고, 그 찰나의 사이 사람들이 본 것이라곤 바람처럼 달리는 하나의 인영, 눈부신 섬광, 그리고 갈라진 배를 부여잡고 쓰러져 신음하는 수적들뿐이었다.

'쩍' 소리와 함께 이적풍을 막아서고 있던 마지막 수적의 이마에 박도가 박혀들었다. 그는 두 눈을 부릅뜬 채 죽고도 그 상태 그대로 서 있었다. 박도가 그에게 쓰러질 자유조차 허락해 주지 않은 것이다.

살극달이 장작에 박힌 도끼를 뽑듯 박도를 뽑자 수적은 그제야 쓰러질 수 있었다.

쿵!

뱃전에 쓰러진 수적의 쪼개진 머리 사이로 뇌수가 흥건하게 흘러나왔다. 수적의 머리는 정확히 이적풍의 발치에 위치했다.

좌중이 찬물을 끼얹은 것처럼 고요해졌다.

더 이상 살극달을 공격해 오는 수적은 없었다.

뒤늦게 뭔가 크게 잘못되었다는 것을 깨달은 이적풍의 얼굴은 그야말로 사색이 되었다.

무심한 얼굴의 살극달은 이적풍을 향해 저벅저벅 걸어갔다. 아래로 늘어뜨린 박도의 끝에서 채 식지 않은 핏물이 뚝뚝 떨어졌다.

"후, 후퇴다!"

겁에 질린 여태갑이 목소리를 쥐어짜고는 자신의 배로 뛰어 건넜다. 뒤를 이어 그의 수하들이 앞다투어 배를 건너갔다. 이적풍 역시 그들에게 묻혀 피란민처럼 도주했다.

빗자루로 쓸어버린 듯 황포선의 뱃전에는 수적이 한 명도 남지 않게 되었다. 하지만 살극달의 걸음은 멈추지 않았다. 그는 흑수채의 대장선으로 건너간 다음 계속해서 놈들을 압박해 갔다.

뼛골이 시릴 듯한 한기와 태산을 짓누르는 듯한 압박감이 장내에 가해졌다. 공포에 질린 수적들은 점점 밀려났고, 결국엔 대여섯 평도 안 되는 선미의 좁은 공간에 개구리 떼처럼 와글와글 모이게 되었다. 그러나 살극달은 아직 걸음을 멈추지 않은 상태였다.

"제, 제기랄."

여태갑이 배를 버리고는 강물 속으로 몸을 던졌다. 뒤를 이어 그의 수하들까지 강물에 뛰어들면서 일대가 소란스러워졌다.

하지만 그들은 살극달의 목표가 아니었다.

이적풍은 강물로 뛰어들 생각조차 못하고 그 자리에 못 박힌 듯 서 있었다. 자신을 노려보는 살극달의 눈동자를 보는 순간 그는 마성(魔性)에 사로잡힌 듯 움직일 수가 없었다.

그건 마치 동굴 속에 웅크리고 있는 고대의 마수가 먹잇감을 노려보는 듯한 눈이었다. 이적풍의 손에는 아직 검이 들려 있었지만, 그는 감히 그것을 들 생각조차 품을 수 없었다.

'사, 사람의 눈이 아니야.'

그게 그가 느낀 마지막 단상이었다.

지척에 이른 살극달의 박도가 일말의 망설임도 없이 이적풍의 가슴을 가른 것이다. '쩍' 소리와 함께 이적풍은 단 한 번의 저항도 하지 못한 채 뻣뻣하게 넘어갔다.

살극달은 천천히 돌아섰다.

황포선의 선객들은 움찔 놀라며 뒷걸음질을 쳤다. 수적이 패퇴했으니 함성을 질러야 하건만, 살극달의 무시무시한 신위에 압도되어 찍소리조차 낼 수 없었다.

황포선으로 돌아온 살극달은 황충에게 배를 뭍으로 대게 했다. 황충은 수하들과 함께 죽은 수적들의 시체를 모두 강물에 빠뜨린 후 곧 배를 뭍에 대었다.

배가 뭍에 닿자마자 선객들은 앞다투어 배에서 내리더니 인적도 없는 숲으로 도망치듯 뿔뿔이 흩어져 버렸다. 장강수로맹의 보복을 두려워한 나머지 배를 타고 가는 걸 포기한 것이다.

사람들이 모두 사라지는 와중에도 적교와 여자아이는 달아나지 않았다. 그들은 살극달과 조빙빙에게 다가와 공손한 태도로 포권을 했다.

"구명지은에 깊이 감사드립니다."

여자아이가 말했다.

"그들은 우리도 죽이려 했다. 자위 차원에서 대응한 것이니 은혜랄 것은 없다."

살극달이 말했다.

"소녀 비록 나이는 어리지만 그렇게 눈치가 없지는 않습니다. 무사님은 손에 피를 묻히지 않고도 화를 면할 길이 있었지만, 저희를 위해 수고로움을 마다하지 않으셨습니다. 그 은혜, 절대 잊지 않겠습니다."

여자아이의 장황한 공치사에 살극달은 머쓱해졌다. 굳이 여자아이를 도우려고 한 것은 아니지만, 그렇다고 아주 아닌 것도 아닌 탓에 살극달은 그냥 공치사를 받아들이기로 했다.

하지만 여자아이는 그 정도로 끝낼 생각이 아니었던 모양이다.

"다시 한 번 무사님의 존함을 여쭈어도 대답해 주지 않으시겠죠?"

살극달은 대답 대신 가볍게 미소를 지었다.

여자아이는 잠시 주변을 일별하더니 한 걸음 가까이 다가와 작은 소리로 속삭였다.

"귀 좀 잠깐······."

영문을 모르는 살극달은 고개를 갸우뚱거리며 허리를 숙였다. 여자아이가 살극달의 귓가에 자신의 작은 입을 대고는 새처럼 지저귀었다.

"전 사천당문의 당소악이에요."

"······!"

살극달은 허리를 펴고 여자아이를 똑똑히 노려보았다. 여자아이는 할 말이 더 있는 듯 살극달의 옷자락을 잡아끌더니 다시 허리를 숙이게 했다. 그리고 이번에는 중간에 허리를 펴지 못하도록 옷자락을 꼭 잡고 다시 한 번 속삭였다.

"사천당문은 아직 당가타에 있어요. 근처를 지나시거든 꼭 한번 들러주세요."

여자아이 당소악이 그제야 살극달의 옷자락을 놓아주었다. 당소악은 무언가 중요한 비밀이라도 털어놓은 사람처럼 얼굴이 발개져서는 적교와 함께 사람들이 사라진 반대쪽 숲으로 종종걸음을 치며 사라졌다.

살극달은 넋 나간 사람처럼 멀어지는 당소악의 뒷모습을 우두커니 보고만 있었다.

아주 오랜 옛날 그는 사천당문의 여인 하나를 만났었다. 그는 그녀를 사랑했었다. 이제는 기억조차 희미해져 흐릿한 형체로만 남아 있는 그녀의 얼굴이 방금 떠올랐다.

당소악이 그녀를 꼭 빼닮은 것이다.

하나의 혈통에는 공통된 인자가 있게 마련이고, 당소악 역시 그 혈통을 물려받았을 테니 두 사람이 서로 닮은 건 이상한 일이 아니었다.

이상한 건 당소악과 살극달이 오늘 이 자리에서 만났다는 것이다. 그리고 잊고 있었던 그녀의 얼굴이 생각났다는 것이다.

혹여 그녀가 자신으로 하여금 이리로 가게 했을까? 죽음

너머의 세계에는 어떤 미지의 것들이 있을까? 살극달이 이런 상념에 빠져 있을 때 조빙빙이 다가왔다.

"당문으로 가보실 건가요?"

"알고 있었소?"

"그 아이, 유명한 아이예요. 어린 시절부터 예사롭지 않은 용모에 두뇌까지 비상해 가문의 기대를 한 몸에 받았지만, 독공을 익힐 수 없는 삼음절맥(三陰絶脈)을 타고난 탓에 불운한 삶을 살고 있죠."

삼음절맥은 독공을 익히기는커녕 몸이 유리알처럼 약해 작은 충격에도 뼈가 부러진다. 무림세가인 당문의 혈통이 무공을 익힐 수 없는 몸을 받고 태어났으니 참으로 얄궂은 운명이 아닐 수 없었다.

"장강수로맹은 왜 저 아이를 노리는 거요?"

"지금은 혼돈의 시대예요. 자하부가 남무림에서도 한참 아래쪽에 뿌리를 내린 탓에 아직은 화를 피하고 있지만, 북무림은 곳곳에서 할거한 군웅들이 전쟁을 방불케 하는 싸움을 벌이고 있죠. 장강수로맹과 당문은 사천지방의 패권을 놓고 수년 채 으르렁거리고 있어요. 그러다 얼마 전 십팔수채의 채주 하나가 독공의 고수에게 죽임을 당했는데, 당소악을 납치하려는 건 아마도 그 일과 연관이 있는 듯하군요."

"사천당문은 결코 만만한 상대가 아닐 텐데."

"오천의 수적, 절정의 반열에 드는 채주가 십팔 명, 수채마다 산더미처럼 쌓아놓은 재물, 그리고 천하 십대고수의 일인인 장강어룡. 이게 당금의 장강수로맹이죠. 그에 반해 당문은 지난날 정마대전 당시 고수들이 대거 죽으면서 가세가 크게 기울었죠. 과거라면 모를까, 현재라면 장강수로맹은 당문에게 벅찬 상대예요. 그나마 사천당문 특유의 지독한 근성과 가공할 독공이 있기에 버티고 있는 거죠."

"그런 사정이 있었군."

살극달은 무심한 듯 대답하고는 걸음을 옮겼다. 어쨌거나 그들의 사정이지 자신까지 개입할 일은 아니었다.

그때였다.

황충이 살극달의 앞을 막아섰다.

"난 당신의 아우들과 사이가 좋지 않았소."

"……?"

"해왕문(海王門)에는 모두 오십세 척의 배가 있었고, 그들은 그중 두 척을 이끌었지. 바닷가 출신이 아니라서 그런지 배를 부리는 데는 젬병이었소. 하지만 일단 배를 붙이면 누구보다 먼저 뛰어들어 백병전을 벌였소. 사납고 독한 놈들이었지. 그 때문에 동료들과도 마찰이 많았고."

황충은 거기까지 말을 하다가 목이 타는지 호리병을 들어 술을 벌컥 마셨다. 그러곤 살극달에게도 호리병을 내밀었다.

"됐소."

살극달이 사양을 하자 황충은 호리병을 허리춤에 차고는

다시 말을 이었다.

"그들은 동생이 하나 있다고 했소. 이름이 하원일이라던가. 자하부에서 아주 높은 사람이라고 합디다. 자신들과는 다르게 명문대파의 고수라며 자랑이 대단했지. 그러던 어느 날 그 동생이 죽었다고 합디다. 처음엔 하소추가 복수를 하겠다고 떠났고, 다음엔 하대광이 떠났소. 두 사람은 떠나기 전 나를 찾아와 사흘 밤낮을 대련을 청했소."

"노인장과는 사이가 좋지 않다고 하지 않았소?"

"나도 그 점이 의아했지. 함께 해왕문에 몸담지만 않았다면 그들과 난 철천지원수가 되었을 테니까."

"하소추가 외눈박이가 된 것과 관련이 있소?"

살극달의 물음에 황충의 눈매가 가늘게 좁혀졌다. 그는 한동안 살극달을 바라보더니 말했다.

"눈썰미가 대단하군. 맞소. 사소한 시비 끝에 하소추와 싸움을 하다가 내가 그놈의 한쪽 눈을 멀게 했지. 그러자 하대광이 찾아와 공격했고 난 다리 하나를, 하대광은 팔 하나를 각각 잃었지."

"같은 도당끼리 싸움 한번 살벌하게 했군."

"도적의 무리에 몸을 담아본 적 있소?"

"……?"

"당연히 없겠지. 우리 세계에선 얕잡아 보이는 순간 모든 게 끝장이오. 그게 적이든 아군이든."

어디 도적의 세계만 그럴까.

흑도와 백도를 떠나 모든 인간 세상이 그렇다.

약해 보이는 순간 보다 강한 놈에게 잡아먹히는 것이다. 그래서 인간의 역사는 투쟁의 역사다.

"그런데도 녀석들이 당신에게 대련을 부탁한 것은 어떤 이유에서요?"

황충은 대답하지 않고 경섬창을 고쳐 잡더니 다짜고짜 살극달을 공격해 왔다. 육중한 경섬창이 묵직한 파공성을 내며 허공을 갈랐다.

살극달은 선 자리에서 가볍게 상체를 비틀어 창두(槍頭)를 흘려보냈다. 귓가에 날카로운 바람이 스쳤다.

장난이 아니었다.

황충은 정말로 살극달을 죽일 생각으로 창을 찔렀다. 무섭게 돌아간 창두는 연속적으로 살극달의 상체 이곳저곳을 질풍처럼 찔러왔다. 그때마다 살극달은 상체를 비트는 가벼운 동작만으로 모두 흘려보냈다.

그때쯤 살극달은 한 가지 사실을 알게 되었다.

창을 다루는 황충의 자세였다.

그는 왼쪽 발을 앞으로 비스듬히 내민 상태에서 왼손으로 창간의 중심을 잡고 오른손으로 가장 뒷부분을 잡았다.

왼손은 축일 뿐 실제로는 오른손으로 창로를 결정하는 것이다. 하지만 창은 왼쪽으로 다소 치우친 상태에서 전권을 장악하고 있었다. 그것은 마치 왼손잡이가 검을 휘두르는 것과도 닮았다.

따앙!

살극달이 머리를 노리고 날아드는 황충의 창두를 손가락으로 튕겨 버렸다. 창두가 방향을 잃고 바깥으로 반원을 그리며 튕겨 나갔다.

"좌수검. 흉수가 좌수검이었군!"

살극달이 다소 들뜬 목소리로 말했다.

황충은 이번에야말로 진심으로 놀란 듯 딱딱하게 굳은 표정으로 말했다.

"대단하군. 난 녀석들과 직접 대련을 하고도 한 달이 지난 후에야 그 연유를 알았는데……."

하소추와 하대광은 황충을 찾아가 대련을 청하면서도 그 사정은 말하지 않았던 모양이다.

"고맙소. 크게 도움이 되었소이다."

살극달이 황충을 향해 공손히 포권을 했다.

"오히려 내가 할 말이지. 부디 아우들의 복수를 할 수 있기를 빌겠소."

황충이 살극달에게 마주 포권을 한 후 수하들을 이끌고 황포선으로 돌아갔다.

살극달은 흥분했다.

무림에서 좌수검은 흔하지 않았다.

아주 없는 것은 아니었지만 그 정도면 타인과 구분되는 분별성은 충분했다.

살극달의 예상대로 하소추와 하대광은 흑수의 정체를 알고 있었다. 그 대상이 정확히 누구인지까지 알았는지는 알 수 없지만 상당히 근접했음에는 틀림없었다.

살극달이 조빙빙을 돌아보며 물었다.

"자하부에 좌수검이 있소?"

"오성군 중 누가 좌수검이냐고 묻고 싶은 거죠?"

"당연히 오성군도 포함됩니다."

"저를 포함한 오성군 모두가 좌수검이죠."

"그게 무슨……?"

"사부께서는 처음부터 좌수검을 제자로 받아들였고, 그 장점을 최대한 끌어올렸죠. 유일하게 한 사람, 사저만이 우수검이었죠. 하지만 사부께서는 각고의 노력 끝에 사저조차도 좌수검으로 만들어놓았죠."

"이유가 있습니까?"

"자하부의 검공 중 오 할은 좌수검만이 익힐 수 있죠."

검이 왼쪽과 오른쪽의 구분이 없듯 오직 왼손으로만 익혀야 하는 검공이 있다는 얘기는 그토록 오랜 세월을 살아온 살극달로서도 금시초문이었다.

이렇게 되면 오성군 중 하나가 범인일 공산이 크다는 것도 확실하지 않게 된다. 하소추와 하대광 역시 막연하게 오성군이 범인이라 생각하고 황충과 대련했을 수도 있으니까. 범인의 정체가 손에 잡힐 듯 가까이 다가왔다가 처음보다 훨씬 더 멀어지는 것 같았다.

대신 살극달의 관심은 이제 자하부의 검공으로 향했다. 대체 어떤 검공이기에 오직 좌수검만이 익힐 수 있는 걸까?

그때쯤 황포선은 뭍을 떠나 강심으로 미끄러져 가고 있었다. 살극달이 말했다.

"우리도 그만 떠납시다. 너무 지체했소."

第九章

귀도성(鬼都城)

조빙빙이 살극달을 따라 대리에 도착한 것은 황포선에서 내린 지 한나절이 지난 오후 늦게였다.

사흘 안에 돌아가기로 약속했는데 벌써 이틀을 꼬박 소진해 버렸으니 남은 시간은 이제 겨우 하루였다.

여러 왕국의 수도였던 곳답게 대리는 넓고 화려했다. 곳곳에 즐비한 고루거각들은 옛 영화를 말해주는 듯했고, 다양한 복색의 사람들로 가득한 거리는 활기가 넘쳤다.

"전부터 궁금했는데, 대체 우리의 목적지가 어디죠?"

조빙빙이 물었다.

"귀도성(鬼都城)이오."

"귀도성? 그런 곳이 있었나요?"

"세상엔 알려지지 않은 곳이오."

"그건 범부들에게나 통용되는 얘기죠. 저는 자하부의 상단을 이끄는 사람이고, 그런 저조차도 모르는 곳이 있다는 건 선뜻 이해가 가지 않는군요."

"자하부의 오공녀라고 세상 모든 곳을 알 수는 없지 않겠소."

"천외천의 세계라는 건가요?"

"장소만 말하는 건 아니외다. 세상엔 사람들이 이해할 수 없는 일들이 많이 일어나오."

조빙빙은 고개를 돌려 살극달을 보았다.

그는 도무지 알 수가 없다.

어떤 때 보면 지극히 평범한 사람 같고, 또 어떤 때 보면 오랜 세월을 무림에서 활동해 온 노강호 같았다. 그러다가도 싸움이 벌어지면 성난 야수처럼 돌변한다. 그중 가장 의아한 점은 무언가 있을 것 같은 분위기다.

신비롭달까, 괴이하달까.

그에게는 말로는 형용할 수 없는 그 무언가가 있었다. 폐쇄적이던 독고설란을 단숨에 바꿔놓은 것은 그렇다고 치자. 하지만 그녀로부터 전해 들은 살극달의 식견은 놀라운 것이었다.

특히 천추루에서 그와 일검을 나눌 때 조빙빙은 살극달이 자신의 아래가 아닐지도 모른다는 생각을 했다. 살극달이 황포선에서 장강수로맹의 수적들을 상대하는 것을 본 후에 그것은 확신으로 바뀌었다.

'어쩌면 내가 범접할 수 없는 경지에 있는 존재일지도……'

"그나저나 우리 뭐라도 좀 먹어요. 하루 종일 아무것도 먹지 않았잖아요."

"그렇잖아도 그럴 생각입니다."

두 사람은 계속 걸었고, 머지않아 도시를 관통해 외곽에 다다랐다. 대부분의 도시 외곽이 그렇듯 이곳 역시 부유한 자들에게 밀려난 빈민들이 그들만의 세상을 이루고 살았다.

따개비처럼 다닥다닥 붙은 목옥이 끝도 없이 펼쳐진 이곳의 이름은 불방동(不訪洞). 도둑, 배수, 창기 따위의 밑바닥 인생들이 한편으로는 도시에 기생해, 또 한편으로는 서로의 피를 빨아 먹으며 사는 곳이었다.

살극달은 그런 빈민촌에서조차도 외진 골목에 있는 어느 허름한 건물 앞에서 걸음을 멈추었다.

거북이 등처럼 납작 엎드린 지붕엔 푸른 이끼가 잔뜩 끼어 있고, 두껍게 회칠을 한 흙벽은 본래의 색을 가늠하기 어려울 만큼 바래 있었다.

금방이라도 쓰러질 것 같은 대문 위 처마 밑에는 앞뒤 꼭지

몽땅 생략한 채 귀문객점(鬼門客店)이라는 괴이한 이름의 현판이 새겨져 있었다. 그나마 그 현판 덕에 이곳이 객점이라는 것을 어렴풋이 짐작할 수 있었다.

하루 온종일 사람 한 명 찾지 않을 것 같은 이런 외진 골목의 구석에 웬 객점이 있는 걸까?

게다가 귀문객점이라니.

말 그대로 풀이하자면 저승으로 가는 관문에 있는 객점이라는 뜻이 아닌가. 조빙빙은 이곳이 귀도성으로 향하는 입구임을 본능적으로 깨달았다.

살극달은 거침없이 문을 열고 들어갔다.

조빙빙도 뒤를 따랐다.

그녀의 예상대로 객점은 손님 한 명 없이 파리만 날리고 있었다. 이십여 평 정도의 좁은 공간에 탁자 대여섯 개를 뿌려놓은 게 전부였는데, 그나마 탁자는 군데군데 얼룩이 묻어 언제 닦았는지도 모를 만큼 지저분했다.

그 한쪽 구석 탁자에 열서너 살가량의 어린 점소이 하나가 하늘을 향해 입을 쩍 벌리고 앉아서는 잠에 곯아떨어져 있었다. 파리 몇 마리가 점소이의 입가에 옹기종기 모여 앉아 오후의 만찬을 즐기는 중이었다.

쿵!

살극달이 손바닥으로 탁자를 내려치자 깜짝 놀란 점소이가 의자와 함께 뒤로 벌렁 나자빠졌다. 그러나 점소이는 일말의 서두르는 기색도 없이 엉거주춤 일어나더니 살극달과 조빙빙을 발견하고는 귀찮아 죽겠다는 기색으로 엉덩이를 주물럭거리며 다가왔다.

"뭐로 드실 건데요?"

점소이가 퉁명스럽게 물었다.

"돼지고기나 좀 삶아서 내와."

"그건 안 되는데요."

"그럼 닭이라도 한 마리 삶아와."

"그것도 안 되는데요."

"그럼 잉어를 쪄오든지."

"그것도 안 되는데요?"

"그럼 뭐가 되니?"

살극달이 답답하다는 듯 점소이를 노려보며 물었다. 점소이는 한참을 생각하더니 이렇게 말했다.

"국수요."

"국수밖에 안 되는군."

"예."

"그런데 뭘 그렇게 고민해?"

"뭐가 되는지 생각 좀 하느라고요."

곁에 있던 조빙빙은 어이가 없었다. 도대체 얼마나 손님이 들지 않았으면 점소이가 무슨 음식이 가능한지조차 모르는 걸까.

이런 객점이라면 음식 또한 불결하기 짝이 없을 터, 비록 온종일 쫄쫄 굶었지만 조빙빙은 입맛이 싹 가셨다.

하지만 살극달의 생각은 다른 것 같았다.

"그거라도 두 그릇 말아와."

"예."

"살극달이 왔다고 전해라."

살극달이 돌아서 가려는 점소이에게 한마디를 보탰다.

점소이가 천천히 돌아서서 물었다.

"예?"

"네 주인에게 살극달이 왔다고 전하면 알 것이다."

"그게 뭔데요?"

"내 이름."

"으에? 살극달이 이름이라고요?"

점소이는 별 희한한 이름을 다 보겠다는 듯 성큼 살극달에게 다가와 요모조모 뜯어보았다.

살극달은 한숨을 푹 쉬고는 물었다.

"상 노는 어디 갔느냐?"

"상 노가 상제문 주인어른을 말씀하시는 거라면 지금 객점에 없네요."

"그래서 어딜 갔느냐고 묻잖아."

"그건 왜 묻는 건데요?"

살극달은 품속에서 어린아이 주먹만 한 가죽 주머니 하나를 꺼내 탁자 위에 툭 던져 주며 말했다.

"당장 상 노를 데리고 와."

가죽 주머니를 열어본 점소이의 입이 귀밑까지 찢어졌다.

"잠시만 기다리십시오, 대인!"

점소이는 게을러빠졌던 좀 전과 달리 허리가 부러지도록 인사를 한 후 객점의 입구를 향해 비호처럼 튀어나갔다.

점소이가 사라지고 난 후 조빙빙이 물었다.

"귀도성은 어떤 곳인가요?"

"죽은 자들의 도시요. 죽었으되 죽지 않은 자들, 살았으되 죽어야 하는 자들이 사는 곳이지. 귀도성을 털면 무신(武神)에 육박하는 고수가 한 명은 나올 거요. 그가 아직까지 살아 있다면."

"……!"

조빙빙의 눈동자가 화등잔만 하게 커졌다.

세상에 무신이라 불리는 고수가 몇 명이나 될까?

당금 무림에서 가장 강한 열 사람을 일컬어 강호인들은 십대고수라고 부른다. 하지만 그런 십대고수들에서조차 무신이라 불리는 사람은 겨우 서넛에 불과하다.

한데 살극달은 무신에 육박하는 고수가 귀도성에 웅크리고 있을 거라고 한다. 그 말이 사실이라면 그야말로 천외천의 세계인 셈인데, 조빙빙으로서는 도무지 들어본 바가 없었다.
 그게 그녀를 답답하게 했다.
 하지만 살극달은 더 이상 대답해 줄 생각이 없는 것 같았다. 굳게 닫힌 그의 입을 보는 순간 조빙빙 역시 묻고 싶은 생각이 사라졌다.
 잠시 후 한 사람이 점소이와 함께 객점의 문을 열고 등장했다. 땟물이 줄줄 흐르는 누더기 옷에 한 손엔 잉어 몇 마리가 든 망태기를 들고 다른 한 손엔 대나무 낚싯대를 든 칠순의 묘족 노인이었다.
 그는 살극달을 보자 망태기와 낚싯대를 팽개치고는 황급히 다가와 더할 수 없이 공손한 태도로 허리를 숙였다.
 "어서 오십시오. 선인(仙人)을 뵙습니다."
 어눌하기는 하지만 한어였다.
 '선인?'
 조빙빙은 어리둥절한 얼굴로 살극달을 돌아보았다. 겨우 서른 줄의 사내가 어찌하여 칠순의 노인에게 선인으로 불리는 걸까?
 조빙빙이 이런 의문을 품는 사이 살극달이 상제문이라는 노인에게 물었다.
 "상 노는 여전히 정정하군."
 "어찌 그런 말씀을. 어린것이 어르신 앞에서 얼굴만 삭아서 그저 죄송할 따름입니다."

이건 또 무슨 괴이한 소린가.

조빙빙은 그야말로 뜨악해졌다.

서른 줄의 살극달 앞에서 칠순의 노인이 스스로를 어린것이라며 낮추다니. 주공이라 부르지 않는 걸 보면 주종의 관계는 아닌 듯한데……. 조빙빙은 황당함에 살극달과 노인을 번갈아 보았다.

'미친 노인인가?'

"아직 식전이시지요? 잠시만 기다리십시오. 마침 싱싱한 잉어가 몇 마리 잡혔사온데 제가 금방 이놈들을 쪄가지고 설라무네……."

"그러기엔 너무 늦은 것 같군. 그보다 귀도성으로 들어갈 일이 있으니 배를 준비해 주시오."

상제문은 즉답을 피하고 여태 죽립을 눌러쓰고 있는 조빙빙을 돌아보았다. 그녀의 등장을 경계하고 있었다.

"일행이오."

"분부대로 거행하겠습니다."

굳이 잉어를 쪄올 필요가 없다고 했는데도 상제문은 점소이로 하여금 요리를 하게 했다. 그리고 그 자신은 주방 쪽으로 난 문을 통해 어디론가 사라졌다.

점소이는 상제문이 길거리에서 주워와 먹여주고 일을 시키는 고아 소년이라고 했다.

그래서 그런지 요리 솜씨도 형편없었다.

잉어를 대충 쪄서 소금을 뿌린 것이 요리의 전부였는데, 하루를 꼬박 굶은 살극달과 조빙빙은 군말없이 먹었다. 그리고 일 다경이 흘렀을 때쯤 상제문이 돌아왔다.
"가시지요. 배가 곧 도착할 겁니다."

 운남은 오랜 옛날부터 기이한 풍습을 지닌 묘강(苗彊)의 소수 민족들이 각자의 왕조를 세우고 살던 혼란의 땅이었다.
 그러다 가장 남쪽에 있던 몽사족의 호전적인 왕 피라각(皮羅閣)이 여섯 개의 대부족을 평정하고 운남성 최초의 통일왕국을 세웠다.
 남조(南詔)의 탄생이었다.
 강력한 왕권을 원했던 남조의 왕은 호시탐탐 자신의 자리를 노리는 부족장들을 견제하기 위해 지금의 대리(大理)에 해당하는 창산(蒼山) 일대를 수도로 삼고 거대한 도성을 축조하기 시작했다.
 묘강 일대의 부족전사 수만 명이 강제 징집되었다. 전사를 보내지 않은 부족은 엄청난 양의 재물을 바쳐야 했다.
 백성은 피폐해져 갔고 곳곳에서 반란이 일어났지만, 피라각은 더욱더 강력한 철권을 휘둘러 그들을 평정했다.
 그러던 어느 해 큰 지진이 일어나 성의 지반이 지하로 함몰해 수만 명의 인부가 함께 매몰되어 버린 사건이 있었다.

지반의 함몰과 함께 피라각 역시 왕위에서 쫓겨났다. 그 후 백여 년이 흐르면서 대리국(大理國)의 남제(南帝)가 그 위에 새로운 성을 중건했고, 다시 삼백 년이 흐른 후 대리는 명나라의 영토가 되어 오늘에 이르렀다.

지하는 반대로 죽은 자들의 영혼만이 떠돌았다.

귀신의 도시가 된 것이다.

조빙빙은 살극달의 뒤를 따라 지하로 난 계단을 내려갔다. 살극달의 앞쪽에선 상제문이 커다란 횃불을 들고 두 사람을 안내하고 있었다.

조빙빙은 꼭 귀신에 홀린 것 같았다.

귀도성이라는 것도 처음 듣거니와 대리의 도성 아래에 귀신들이 사는 지하도시가 있다는 것 역시 금시초문이었다.

금시초문인 정도를 넘어 세상에 이토록 허무맹랑하고 괴이한 이야기는 없을 거라는 생각이 들었다.

게다가 배라니.

지하로 들어가는데 배는 왜 필요한 것이며, 배를 탈 것이면 왜 이렇게 계속 지하로만 내려가는 걸까?

마치 땅을 관통하기라도 하려는 듯 상제문과 살극달은 계속해서 계단을 내려갔다.

사위를 무겁게 짓누르는 공기에 조빙빙은 역시 많은 의문을 뒤로하고 가파르게 경사진 계단을 묵묵히 걸어 내려갔다.

계단의 사이사이에는 육중한 철문이 버티고 있었는데, 그때마다 상제문은 어딘가를 만지거나 두들겼다. 그러면 철문이 굉음을 내며 열렸다.

그런 식으로 무려 일곱 개의 철문을 지났을 때 조빙빙은 자신의 귀를 의심했다.

어디선가 물 흐르는 소리가 들리기 시작한 것이다. 소리는 점점 커지더니 어느 순간 차가운 바람과 함께 사위가 새벽의 여명처럼 밝아지며 텅 빈 공간이 나타났다.

텅 빈 공간의 아래에는 명경처럼 맑은 강이 흐르고 있었다. 폭 오십여 장 정도의 강 맞은편엔 까마득한 절벽이 자리하고 있었다.

조빙빙을 비롯한 사람들이 서 있는 곳 역시도 위로는 까마득한 절벽이었다. 그것이 지하 세계를 흐르는 강 한쪽의 절벽에서 튀어나온 것이다.

한데 어찌하여 이 모든 것이 선명하게 보이는 걸까? 조빙빙은 본능적으로 고개를 최대한 꺾어 하늘을 올려다보았다.

빛은 놀랍게도 까마득한 협곡의 꼭대기에서 스며들고 있었다. 절벽의 이쪽과 저쪽 사이로 난 틈을 따라 스며드는 햇볕이었다.

하지만 직사광선은 아니었다.

절벽의 꼭대기에는 정체를 알 수 없는 안개 같은 것이 끼어 있었는데 햇볕은 그 안개를 투과해 들어왔다.

그럼에도 불구하고 빛은 선명하고 강렬했다.

그것은 마치 혜성이 밤하늘을 가로지르는 것처럼 신비롭고 괴이했다.

갑작스럽게 맞닥뜨린 지하 세계는 마치 시공간을 넘어 또 다른 세계로 떨어진 듯한 착각을 느끼게 했다. 장엄한 자연의 경관 앞에 조빙빙은 절로 숙연해지는 것 같았다.

그때였다.

딸랑딸랑.

요사스런 방울 소리와 함께 강의 오른쪽 상류로부터 배 한 척이 나타났다.

금방이라도 가라앉을 것 같은 작은 쪽배의 뱃머리엔 오 척 정도의 막대기가 꽂혀 있고 소리는 바로 그 막대기에 매달린 풍경에서 나는 것이었다.

배에는 흑발을 무릎까지 치렁하게 늘어뜨린 누더기 괴노인이 삿대를 찍고 있었다. 한데 그 괴노인의 눈이 이상했다. 놀랍게도 양안 모두 무언가에 찔린 듯 짜부라져 있을 뿐, 마땅히 있어야 할 동공이 보이질 않았다.

눈먼 봉사인데도 불구하고 괴노인은 한 치의 어긋남도 없이 정확히 배를 몰고 와 살극달과 일행이 서 있는 곳에 대었다.

"아시다시피 귀도성의 율법에 따라 저는 배를 탈 수 없습니다."

상제문이 말했다.

"소란이 있을지도 모르오. 별일 아니니 따로 조치할 필요는 없소."

"명심하겠습니다."

상제문이 허리를 숙이는 사이 살극달이 훌쩍 배에 올랐다. 그리고 얼어붙어 있는 조빙빙에게 말했다.

"오공녀."

빨리 배에 타라는 것이다.

조빙빙은 선뜻 대답을 하지 못했다.

필시 저 배를 타고 괴노인이 나타난 곳으로 들어갈 작정인 모양인데 도저히 엄두가 나지 않았다.

아마도 지상으로부터 수백 장 아래로 내려온 탓에 느끼는 중압감 때문일 것이다.

"여기서 기다리겠소?"

살극달이 다시 물었다.

조빙빙은 마른침을 꿀떡 삼킨 후 배에 훌쩍 올라타며 말했다.

"천만에요."

두 사람이 배에 올라타자 상제문이 눈먼 괴노인에게 술 호리병 하나를 휙 던져 주며 말했다.

"잘 모셔라. 무례하게 굴었다간 한 달 동안 육포 쪼가리 하나 던져 주지 않을 것인즉."

낮은 음성이었지만 비수로 찌르는 차가운 목소리였다. 돌변한 상제문의 기도에 조빙빙은 또 한 번 놀랐다.

괴노인은 씨익 웃더니 삿대를 힘차게 찍었다.

배가 움직이기 시작했다.

그때쯤 조빙빙은 또 하나의 괴이한 광경을 보았다. 배를 몰아온 괴노인의 손목에 제 팔뚝보다 굵은 쇠사슬이 감겨 있었던 것이다. 쇠사슬은 다시 반 장 정도의 길이로 커다란 철구와 연결되어 있었다.

항아리만 한 철구는 얼핏 보기에도 이백 근은 족히 나갈 것 같았다. 이백 근이면 어지간한 장정 두 명의 몸무게와 맞먹는다. 그런 게 양쪽 손목에 하나씩 묶여 있으니 장정 네 명을 매달고 다니는 셈이다.

쇠사슬의 길이와 철구의 무게 때문에 팔을 어깨까지밖에 올릴 수 없었다. 무공을 펼칠 수 없고 그 외 나머지 일상생활에서는 어느 정도 자유가 허락되는 길이.

물론 대단한 역사라면 철구를 들고 달릴 수도 있을 것이다. 하지만 그 속도는 아무래도 굼벵이처럼 느릴 수밖에 없고, 또 멀리 갈 수도 없다.

철구는 금제(禁制)였다.

'대체 무슨 죄를 지었기에…….'

조빙빙은 이제 시선을 거두고 주변의 풍광을 살폈다. 보이는 것이라곤 까마득한 절벽과 그 절벽 아래를 흐르는 강물, 그리고 안개에 가려 끝을 알 수 없는 강의 상류와 하류였다.

이 단순하고도 황당한 무채색의 풍경이 그녀를 몽환적인 별세계로 이끌었다.

명경처럼 맑고 투명한 강물 속엔 온갖 괴이한 생물체들이 헤엄치고 있었다.

발이 달린 물고기, 지네처럼 수십 개의 발이 달린 정체불명의 동물, 뱀장어처럼 기다란 무엇이 먹이를 기다리는 잉어처럼 배 주위를 빙빙 맴돌며 따라다녔다. 그 숫자가 족히 한 그물은 될 것 같았다.

하지만 전혀 귀엽지가 않았다.

그것들은 모두 희거나 투명했으며 눈이 없었다.

눈이 없는 물고기라니.

그 기괴하고 끔찍하고 모습에 조빙빙은 저도 모르게 모골이 송연해졌다.

"강물의 양쪽 끝엔 놈들보다 더 끔찍한 것들도 있지요. 그것들은 그나마 빛에 적응한 놈들이랍니다."

삿대를 찍고 있던 사공이 불현듯 입을 열었다.

"강물의 양쪽 끝이라고요?"

"이 강의 이름은 삼도천(三途川)이지요. 죽은 지 칠 일째 되는 날에 건너게 된다는 저승의 강에서 이름을 따온 것입니다. 강의 양쪽 끝은 지하 동굴로 연결되어 있지요. 강물은 지하 동굴에서 흘러나와 지하 동굴로 흘러갑니다. 그곳은 완벽한 암흑의 세계이지요. 미세하게나마 빛이 비치는 곳은 채 십 리도 안 되지요. 그래서 이곳에 갇히면 누구도 탈출할 수가 없지요."

탈출?

노인의 그 한마디에 조빙빙은 이들이 누군가에 의해 이곳에 갇혔으며 탈출을 하기 위해 여러 번 시도했다는 것을 짐작할 수 있었다.

"절벽의 꼭대기는 지상과 연결되어 있지 않나요? 까마득하게 높기는 하지만 벽호공(壁虎功)의 고수라면 불가능할 것 같진 않은데요."

벽호는 도마뱀을 뜻한다.

벽호공은 도마뱀이 절벽을 타는 모양에서 창안한 무공으로 무림인이라면 누구나 익히는 기본 공에 속한다.

하지만 그 기본 공이라는 것도 깊이 익히면 절기가 되는 수가 있다. 석년의 어느 고수는 벽호공 하나로 흑도 방파를 창건, 새도 넘기 어렵다는 사천성의 촉도를 십 년 동안이나 장악한 일도 있었다.

그런 자라면 이 절벽을 오르는 것도 불가능하지 않을 거라는 게 조빙빙의 생각이었다.
 "정확하게 이백오십삼 장이랍니다."
 "절벽의 높이 말인가요?"
 "그렇습니다. 올라가는 데 대략 반나절이 걸리지요. 사백 근에 달하는 철구를 매달고 반나절 동안 절벽을 오를 수 있는 고수가 많지는 않지만 그렇다고 아주 없지는 않지요. 하지만 문제는 그게 아닙니다."
 "그럼 뭐가 문제죠?"
 "혹 수라연(修羅煙)이라는 놈을 아시는지요?"
 "처음 듣는 이름이군요."
 "저 꼭대기에 끼어 있는 연무(煙霧)의 이름이지요. 제아무리 벽호공의 고수라 할지라도 직각으로 선 이백오십삼 장의 석벽을 올라간 후, 다시 수라연으로 뒤덮인 삼십 장의 거리를 숨을 참으면서 오를 수는 없지요."
 "숨을 쉬면 어떻게 되죠?"
 "오장육부가 곤죽이 되어 흘러내리게 되지요. 아가씨의 발밑에서 노는 그 물고기들은 그때 떨어진 사람 고기를 먹은 놈들이 인육 맛을 잊지 못해 이곳까지 마중을 나온 것입니다. 행여나 아가씨가 강물에 빠지기라도 하면 잡아먹으려고 말이지요. 크크크."
 괴노인의 웃음소리에 조빙빙은 온몸에 소름이 돋는 것 같았다. 지하 세계의 음침한 분위기에 맞물려 괴이한 뱃사공의 얘기가 그녀의 속에 있는 어떤 감정과 공명을 일으켰기 때문이다.

그처럼 지하 세계는 근원적인 공포를 자극하는 힘이 있었다.

하지만 뱃사공의 웃음소리는 어쩐 일인지 그치지 않았다. 더불어 풍경이 그 소리에 반응하면서 협곡 전체에 요사스런 음향이 울렸다.

딸랑딸랑딸랑…….

그때쯤 조빙빙은 괴이한 감정에 휩싸였다.

배를 둘러싼 물고기들이 너무나 귀엽고 깜찍해 손을 넣어 만지고 싶었던 것이다. 그런 감정은 점점 커져 결국엔 물속으로 뛰어들고 싶다는 충동마저 느껴졌다.

그녀는 실제로 행동에 옮겼다.

이성은 위험하다는 경고를 보내고 있었지만 알 수 없는 미지의 힘이 손을 움직이고 발을 움직였다.

그녀의 의지는 더 이상 그녀의 것이 아니었다.

흡사 심령을 제압당한 사람처럼 일어나 물속으로 뛰어들려는 조빙빙을 구한 것은 살극달의 한마디였다.

"그만해."

살극달의 한마디에 괴노인의 광소가 뚝 그쳤다. 더불어 요란하게 울리던 풍경도 어느새 원래대로 돌아와 낮고 규칙적으로 울렸다.

그제야 마성에서 깨어난 조빙빙은 뱃전에 주저앉아 거친 숨을 몰아쉬었다.

"크크크. 어여쁜 아가씨께서 잔뜩 얼어 있기에 장난 한번 해본 거외다."

"탈의파, 그러다 죽는 수가 있어."

살극달이 말했다.

괴노인의 이름이 탈의파였나 보다.

전에 없이 차갑고 냉정한 그의 목소리에 조빙빙은 저도 모르게 가슴이 철렁 내려앉는 것 같았다. 이건 황포선에서 수로맹의 수적들을 쓸어버릴 때의 잔인한 모습과는 또 달랐다.

보다 섬뜩하고 보다 차가운 느낌이었다.

그도 긴장하고 있는 것이다.

조빙빙은 천천히 일어나 검파를 쥐어갔다.

자신을 놀린 것에 대해 탈의파라는 노인을 징치할 생각이었다.

"오공녀도 그만하시오."

살극달이 말했다.

조빙빙은 살극달을 차갑게 일별하고는 반쯤 뽑았던 검을 다시 넣었다. 그리고 탈의파를 돌아보며 말했다.

"다시 한 번 나를 희롱한다면 그땐 무사하지 못할 줄 아세요."

"크크크, 까칠한 아가씨로군."

"못할 것 같나요?"

"아니오. 충분히 그럴 수 있을 것 같소. 저 요괴가 아가씨를 지켜주는 한 나는 아가씨의 털끝 하나도 건드리지 못할 테니까."

'요괴?'

조빙빙은 조용히 살극달을 돌아보았다.

살극달은 묵묵히 배가 향하는 강 상류를 바라보고 있었다.

귀도성의 사람들에게 살극달은 요괴로 통하나 보다. 바깥에선 선인, 이곳에선 요괴. 도대체 살극달의 정체는 무엇일까?

얼마나 기이막측한 무공을 지녔기에 선인과 요괴로 불리는 걸까?

"저 요괴에 대해 잘 모르는 모양이군. 조심하시오. 그는 아주 무서운 사람이라오."

"그가 왜 무섭다는 거죠?"

"크크크, 정말로 모르는군. 그가 바로……."

탈의파의 목소리가 뚝 끊어졌다.

강렬한 살기가 그의 뒤통수를 찌르고 있었기 때문이다. 그 살기는 당연하게도 살극달의 눈동자에서 나오는 것이었다.

"내가 인내심이 그리 많지 않다는 걸 알 텐데?"

살극달이 나직하고도 조용한 목소리로 경고했다. 수천 개의 바늘로 찌르는 듯한 살기가 좌중을 에워쌌다.

"크크크, 아무래도 그 얘긴 다음에 해야겠군. 비록 햇빛 한 줌 들지 않는 곳이지만 아직은 죽고 싶지 않으니까 말이오. 크크크."

그 말을 끝으로 탈의파는 더 이상 입을 열지 않았다. 그는 계속해서 삿대를 찍었고, 배는 일정한 속도로 강물 위를 미끄러져 갔다.

그때마다 풍경 소리가 울렸다.

소리는 좌우의 석벽을 타고 협곡 전체에 은은한 잔향을 울렸는데, 탈의파는 바로 그 소리를 듣고 방향을 가늠하는 것 같았다.

이윽고 일 다경 정도가 흐른 후 전방이 갑자기 뿌연 안개로 가려졌다.

수백 장 아래의 지하에서 안개 낀 강을 볼 줄은 꿈에도 몰랐던 조빙빙은 그저 어리벙벙한 표정을 짓고 있을 뿐이었다.

그때쯤 탈의파가 삿대 찍는 걸 멈췄다.

하지만 배는 탄력에 의해 계속해서 안개 속을 미끄러져 갔다. 그리고 잠시 후, 안개가 걷히면서 또 하나의 별세계가 조빙빙의 눈앞에 펼쳐졌다.

뱃전에 앉아 있던 조빙빙은 저도 모르게 일어서서 머리 위를 올려다보았다.
"이럴 수가……!"

第十章
죽은 자들을 만나다

 그건 그야말로 경이(驚異)라고밖에는 말할 수 없었다. 강물로부터 오십여 장 정도의 높은 위치에 통나무로 만든 수백, 수천 개의 다리가 강을 가로질러 양쪽 절벽에 놓여 있었다.
 하나의 다리는 같은 높이에 있는 다른 다리와 연결되고, 그 다리는 또 위쪽을 가로지르는 또 다른 다리와 연결되어 있었다.
 이런 식으로 전후좌우는 물론 위아래까지 거미줄처럼 연결된 다리의 구조물이 협곡 전체에 끝이 보이지 않을 정도로 펼쳐져 있었다.
 때문에 천장으로부터 쏟아지는 빛은 아무래도 줄어들 수

밖에 없었는데, 대신 정체를 알 수 없는 야광충들이 일부는 석벽에 붙어 있고 일부는 다리에 앉아 있어 지상의 그 어느 것과도 다른 종류의 푸르스름한 광채를 뿌리고 있었다.

덕분에 안개를 기준으로 협곡의 이쪽과 저쪽은 대기의 색깔이 전혀 달랐다. 석벽의 색깔도 다르고, 하늘의 색깔도 다르고, 심지어 살극달과 괴노인의 얼굴색도 달랐다.

그것은 마치 별이 쏟아지는 새벽의 여명 속에 지어진 거대한 공중도시 같았다.

배는 공중도시 아래를 계속해서 미끄러져 들어갔다. 그리고 잠시 후 강물 위까지 내려온 사다리가 나타났다. 탈의파는 그 사다리에 뱃머리를 묶으며 말했다.

"귀도성에 온 걸 환영합니다."

살극달은 탈의파를 힐끗 본 후 사다리를 올랐다. 조빙빙이 그 뒤를 따랐다. 조빙빙이 사다리에 오르기 직전 탈의파가 음산한 미소를 지으며 말했다.

"크크크. 예쁜 아가씨, 귀도성으로 가면 저 친구 곁에 꼭 붙어 있으시오."

조빙빙은 의아한 표정을 지은 후 다시 사다리를 올랐다. 공중도시 아래에 대롱대롱 매달린 사다리를 타고 오십여 장을 올라가자 좌우로 길게 뻗은 다리가 나타났다.

협곡의 중간 허공에서 바라보는 좌우의 절벽은 여태 보아온 것들과 또 달랐다. 절벽에는 수를 헤아릴 수도 없는 동굴이 각양각색의 모양으로 벌집처럼 뚫려 있고 다리란 다리는 모두 그 동굴과 연결되어 있었다.

"도대체 누가 이런 걸 지은 거죠?"

"오래전 도성과 함께 매몰된 사람들이 만들었소."

"그들이 살아 있었다고요?"

"일부가 살아남아서 그들만의 문명을 시작했지. 하지만 세월이 흐르면서 숫자는 점점 줄어들었고, 결국엔 하나도 남지 않게 되었지. 그러다 새로운 사람들이 들어오면서 과거의 지하 문명을 다시 복원했고, 지금에 이른 거요."

"대체 왜 이런 걸 만든 거죠?"

"절벽 속에는 고대 도시의 잔해가 있소. 그것들 중 일부는 길이 뚫려 있지만, 또 일부는 막혀 있지. 그건 천하의 그 어떤 천재도 설계할 수 없는 천연의 미로와 같아서 한 번 갇히면 절대 빠져나올 수가 없소. 그래서 이런 식으로 절벽의 이쪽과 저쪽에 다리를 만들어 입구의 근처에서만 생활을 하는 거요."

조빙빙은 입이 쩍 벌어질 수밖에 없었다.

고대의 도성이 지하로 무너지면서 살아남은 사람들이 그들만의 문명을 만들고 생존했다는 얘기는 그 흔적을 눈으로 직접 보면서도 믿을 수 없을 만큼 괴이했다.

조빙빙이 정체 모를 흥분감에 사방을 둘러보는 사이 살극달은 허공에 뜬 거미줄 같은 다리를 한참이나 살폈다.

아마도 길을 찾는 듯했다.

그러다 잠시 후 그는 거침없이 걷기 시작했다. 길을 찾은 것이다. 조빙빙이 재빨리 뒤를 따랐다. 살극달의 곁에서 떨어지지 말라는 탈의파의 경고 때문만은 아니었다.

천외천의 낯선 세계에 떨어진 사실 하나만으로도 조빙빙은 충분한 긴장과 두려움을 느끼고 있었다.

두 사람이 걸을 때마다 다리 전체가 하나로 출렁거렸다. 동시에 다리에 앉아 있던 수천 마리의 야광충(夜光蟲)이 날개를 포르르 떨며 하늘로 날아올랐다.

그 모습이 흡사 땅에 떨어진 별들이 밤하늘로 날아오르는 것 같았다. 이 몽환적인 광경에 매료된 조빙빙은 저도 모르게 손을 뻗어 야광충 한 마리를 잡으려 했다.

그 순간, 살극달이 일장을 뻗었다.

'펑' 소리와 함께 그의 장심에서 일어난 바람이 조빙빙의 머리카락과 옷자락, 그리고 손끝에 아슬아슬하게 잡히려던 서너 마리의 야광충을 한꺼번에 날려 버렸다.

"왜 그러세요?"

조빙빙이 저도 모르게 신경질적으로 물었다.

뒤늦게 자신의 실태를 깨달은 조빙빙이 낮은 목소리로 말했다.

"미안해요. 야광충이 너무 예뻐서 나도 모르게 그만."

살극달은 조빙빙을 물끄러미 바라보더니 돌연 허공을 향

해 손을 뻗었다. 그의 주변을 맴돌던 야광충 한 마리가 살극달의 손아귀에 갇혔다.

살극달이 조빙빙을 향해 야광충이 갇힌 주먹을 내밀었다. 조빙빙이 관심을 보이며 얼굴을 가까이 가져다 댔다.

"조심하시오."

살극달이 천천히 손을 뻗었다.

나비와 잠자리를 반반 섞어놓은 것처럼 생긴 야광충은 살극달의 손가락 사이에 꼬리를 물린 채 온 힘을 다해 날개를 떨었다. 그때마다 역시나 빛을 발하는 가루가 반짝이며 떨어졌다.

그 모습이 신비롭기 짝이 없었다.

하지만 날갯짓이 점점 빨라진다 싶은 순간 '퍽' 소리와 함께 시퍼런 불꽃이 터졌다. 야광충은 살극달의 손바닥 위에서 흔적도 없이 사라져 버렸다.

조빙빙을 놀라게 한 것은 그다음에 벌어진 일이었다. 살극달의 손바닥이 시꺼멓게 죽어가고 있었던 것이다.

"이게… 뭐죠?"

"모르오."

"모른다고요?"

"인세에 한 번도 나타난 적이 없는 생명체니까. 당연히 이름도 없소."

"이런 게 어떻게 여기에 살게 된 거죠?"

"처음 지하도시가 매몰되었을 때 이런 것들이 사방으로 날아다녔지. 아마도 도성이 지하로 매몰되면서 원래부터 이것들이 살고 있던 지하의 공동을 침범한 것 같소. 그날 이후 이것들은 사람들과 함께 살게 되었지."

말과 함께 살극달은 품속에서 비수를 꺼내 손바닥을 슬쩍 그었다. 그리고 내공을 주입하자 검은 피가 뚝뚝 떨어졌고, 잠시 후에는 원래의 혈색으로 돌아왔다.

"절독은 아니지만 사람에 따라서는 충분히 목숨을 앗아갈 수 있소. 함부로 만지지 마시오."

"알았어요. 조심할게요."

조빙빙은 한층 풀죽은 목소리로 대답했다.

"갑시다."

살극달이 다시 걸음을 옮겼다.

그때쯤 조빙빙은 다리가 이어진 양쪽 절벽의 동굴 속에서 쏟아지는 시퍼런 안광들을 볼 수 있었다. 맹세코 그건 야광충이 아니었다. 두 개가 한 쌍이 되어 끔벅이는 그것은 분명 사람의 눈이었다.

"누군가 있어요."

"귀도성의 사람들이오."

"우리를 지켜보고 있어요."

"알고 있습니다."

"호의적으로 보이지 않는 걸요."

"나라도 그랬을 겁니다."

조빙빙은 더 이상 물을 수가 없었다.

그때쯤 살극달의 모습이 어느 동굴 속으로 사라져 버렸기 때문이다. 정체를 알 수 없는 냉기에 오싹함을 느낀 조빙빙은 재빨리 살극달이 사라진 동굴 속으로 뛰어들었다.

야광충은 동굴 속 벽에도 있었다.

협곡에서만큼 많지는 않았지만, 동굴을 밝히기엔 충분했다. 때문에 사위를 구별하는 데 전혀 어려움이 없었다.

살극달은 새벽의 여명처럼 푸르스름한 동굴 속으로 거침없이 걸어 들어갔다.

조빙빙은 신경을 바짝 곤두세우며 뒤를 따랐다.

살극달을 따라 걸은 지 얼마 지나지 않아 조빙빙은 바닥이 이상하다는 것을 느꼈다.

바닥엔 대리석이 깔려 있었다.

그리고 얼마 지나지 않아 이번엔 좌측의 벽이 커다란 벽돌로 바뀌었다. 또다시 얼마 지나지 않아서는 아름드리 굵기의 돌기둥들이 나타났다.

놀랍게도 동굴은 천연의 것이 아니었다.

그것은 고대에 무너진 도성의 잔해였다.

그때쯤엔 감시의 눈길이 더욱 많아졌다. 조빙빙은 저도 모르게 검파의 위치를 다시 한 번 확인하며 살극달의 뒤를 바짝 따랐다.

　살극달은 조빙빙을 한번 돌아보는 법 없이 음습한 기운이 풍기는 어둠의 저편 동굴 속으로 계속해서 걷기만 했다.
　그러다 어느 순간 살극달이 걸음을 우뚝 멈췄다.
　"왜 그러시죠?"
　조빙빙이 경각심을 돋우며 물었다.
　살극달은 대답 대신 어둠을 향해 말했다.
　"비켜!"
　조빙빙은 깜짝 놀라며 전방을 바라보았다.
　그러나 전방엔 아무것도 없었다.
　최소한 그녀의 시야가 미치는 십여 장 이내에는 개미 새끼 한 마리 보이지 않았다. 심지어 그 어떤 사이한 기운도 느껴지지 않았다.
　그런데도 살극달은 빈 공간을 뚫어지라 노려보며 무시무시한 안광을 쏘아대고 있었다.
　잠시 후, 조빙빙의 두 눈이 튀어나올 듯 커졌다.
　삼두육비(三頭六臂)의 괴물을 만났어도 그녀는 그렇게 놀라지 않았을 것이다. 우귀사신(牛鬼蛇神)의 요괴를 만났어도 그랬을 것이다.
　그러나 앞과 옆, 그리고 방금 지나온 뒤쪽의 석벽이 잔영으로 허물어지며 산발에 철구를 매단 괴인들이 하나둘씩 나타나 자신과 살극달을 에워싸는 데야 그녀로서도 놀라지 않을 도리가 없었다.

격렬한 충격과 함께 조빙빙은 머리카락이 곤두섰다.

차앙!

살극달의 명령이 떨어지기도 전에 조빙빙은 반사적으로 성명병기 소리비검을 뽑아 들었다.

그때쯤 괴인들의 숫자는 수십 명에 달했다. 전신에서 뿜어져 나오는 한기가 좌중의 공기를 쩌정쩡 얼렸다. 가만히 있어도 오한이 들고 숨이 턱턱 막혔다. 맹세코 이토록 강한 압박감은 처음이었다.

"비켜."

살극달이 다시 말했다.

좀 전보다 가일층 짙어진 살기였다.

전날 황포선에서의 전투를 통해 조빙빙은 살극달이 '비켜'라는 말로 적에게 물러날 기회를 주는 것은 딱 두 번이라는 걸 알고 있었다.

어쩜 한 번으로 끝낼 수도 있고, 아니면 세 번을 말할 수도 있다. 보지 않았으니 알 수는 없다. 하지만 조빙빙은 확신했다.

살극달은 딱 두 번만 기회를 준다.

조빙빙의 말은 맞았다. 살극달의 야수와 같은 공격이 아닌 미지의 산발괴인들이 물러남을 통해서였다.

조빙빙의 예상이 틀리지 않았다면 저들은 살극달을 이미

알고 있었고, '비켜'라는 말 다음에 오는 광란의 지옥도를 경험했다.

그래서 일단은 물러나는 것이다.

대신 산발의 괴인들은 다시 벽이 되지 않고 살극달과 조빙빙을 에워싼 상태에서 천천히 뒷걸음질을 쳤다. 하지만 그건 사실 살극달이, 그의 전신에서 뿜어져 나오는 압력이 산발괴인들을 밀어내는 것이었다.

그렇게 포위를 당한 것도 아니고 안 당한 것도 아닌 어정쩡한 상태에서 일각여 정도를 더 걷자 눈앞으로 거대한 공동이 펼쳐졌다.

엄청난 두께를 자랑하는 돌기둥이 곳곳에 세워진 공동엔 족히 백 명은 될 듯한 괴인들이 모여 있었다.

그들 역시 하나같이 치렁하게 기른 머리카락에 누더기나 다름없는 옷을 걸쳤으며, 손목엔 철구가 매달린 쇠사슬을 차고 있었다.

살극달과 조빙빙이 도착하자 그들은 마치 기다리고 있었다는 듯 일제히 시선을 주었다. 치렁하게 흘러내린 머리카락 사이로는 도저히 인간의 것이라고 볼 수 없는 시퍼런 안광이 뿜어 나오고 있었다.

일백의 산발괴인들에게서 뿜어져 나오는 살기는 가공했다. 온몸은 바늘로 찌르는 듯 고통스러웠으며 눈은 똑바로 뜰 수조차 없었다.

거기에 장마철의 습기처럼 찐득찐득하면서 떨어지지 않은 그 무엇이 조빙빙을 무겁게 짓눌렀다.

조빙빙은 거친 숨을 내쉬었다.

스물 몇 해를 살아오면서 맹세코 이토록 고강하고 이토록 많은 적에게 둘러싸여 본 적이 없다.

저들이 누구인지 모르나 한꺼번에 덤빈다면 사부인 뇌정신군 같은 고수가 수십 명이 온다고 해도 뼛가루로 변하는 데는 반 시진도 걸리지 않을 것 같았다. 그런데도 살극달은 그들 사이를 태연하게 걸어갔다.

'대체 이게 무슨 일이야……!'

조빙빙은 검파를 단단히 움켜쥔 상태에서 살극달을 따라 산발괴인들 사이를 지나갔다. 몸의 솜털이란 털은 죄다 곤두서는 것 같았다.

살극달의 곁에서 떨어지지 말라던 뱃사공 탈의파의 말이 비로소 완벽하게 실감났다.

그러던 어느 순간 산발괴인 하나가 기어코 살극달을 막아섰다. 칠 척 장신에 온몸이 구렁이가 똬리를 튼 것처럼 근육으로 똘똘 뭉친 자였다.

양손엔 쇠사슬을 추려 잡아 사백 근이 넘는 철구를 대롱대롱 들고 있었는데 그 모습이 흡사 하늘에서 내려온 신장 같았다.

그가 눈알을 부라리며 말했다.

"제 발로 찾아오다니, 간이 배 밖으로 나왔구나."
"졸자들과 나눌 얘기가 아니다. 비켜라."
"머리통이 깨지고도 그런 말을 할 수 있는지 보자!"
괴력의 신장이 돌연 한 발을 빼더니 오른팔을 크게 휘저었다. 그와 동시에 축 늘어진 쇠사슬이 허공에서 수직으로 원을 그렸다. 커다란 철구가 살극달의 머리 위로 벼락처럼 떨어졌다.

살극달은 한 걸음 옆으로 비켜나는 것으로 신장의 철구를 간단하게 피해 버렸다.

콰앙!

굉음과 함께 살극달이 있던 자리의 청석판이 바닥으로 움푹 꺼지면서 돌가루가 폴폴 날렸다. 그때쯤 좌방에서 또 하나의 철구가 살극달의 관자놀이를 노리고 날아들었다.

그 순간, 살극달의 신형이 호롱불처럼 꺼졌.

빗살처럼 안쪽을 파고든 살극달은 무르팍으로 신장의 안면을 정확히 가격했다. 퍼억 소리와 함께 신장의 얼굴에서 피와 이가 튀었다.

그만한 일격을 맞고도 신장은 단숨에 쓰러지지 않았다. 휘청휘청 물러나면서도 그는 끝까지 철구를 휘둘렀다. 하지만 그 위력은 아무래도 줄어들 수밖에 없었고, 방향 또한 정확하지 않았다.

신장은 대여섯 걸음을 물러나다가 철구의 원심력을 이기

지 못한 나머지 저 스스로 목에 쇠사슬을 감고 쓰러졌다.

쿵! 소리와 함께 신장이 쓰러지는 순간 일백의 산발괴인에게서 뿜어져 나오는 살기는 극에 달했다. 분기탱천한 그들은 무시무시한 기세로 살극달과 조빙빙을 압박해 왔다.

"이들 모두를 죽여도 좋단 말이지!"

살극달의 입에서 쏟아져 나온 사자후가 공동을 쩌렁하게 울렸다. 그 순간 맞은편에서도 그와 비슷한 사자후가 쏟아졌다.

"모두 비켜라!"

그 한마디에 살극달과 조빙빙을 에워싸고 있던 일백의 산발괴인이 입술을 깨물고 눈알을 부라릴망정 천천히 물러났다.

산발괴인들이 물러난 자리에 커다란 사자석상 두 개를 양쪽에 거느린 계단이 나타났다. 계단 위에는 돌을 조각해 만든 태사의가 있었고, 그 위에 한 사람이 앉아 있었다.

작고 왜소한 체구에 역시나 치렁하게 늘어뜨린 쇠사슬과 은발, 머리카락 사이로 보이는 쭈글쭈글한 얼굴, 대쪽처럼 깡마른 사지가 괴노인의 첫인상이었다.

그리고 압력이 있었다.

분명 살기는 아닌데 그보다 더한 기도가 괴노인의 전신에서 뿜어져 나와 거대한 지하 공동의 공기를 무겁게 짓눌렀다.

그건 백여 명의 산발괴인에게서 뿜어져 나오는 압박감과

는 비교도 할 수 없을 만큼 충격적이었다.

　'무신(武神)이다!'

　조빙빙은 눈앞의 괴인이 살극달이 말한 그 무신이라는 것을 본능적으로 알아차렸다.

　"혼세마왕(混世魔王), 많이 늙었소이다."

　살극달이 말했다.

　그 순간 조빙빙은 소스라치게 놀랐다.

　혼세마왕이 누구인가.

　십여 년 전 천하를 혈겁 속에 몰아넣은 마교주가 아닌가. 남만의 어느 밀림에서 야만의 전사들이 쏜 수백 발의 독화살을 맞고 죽었다는 그가 어찌하여 살아 있으며, 살극달은 그를 또 어찌 아는가.

　조빙빙은 모르고 있었지만 일의 전말은 이랬다.

　십여 년 전 혼세마왕이 일만의 마병을 이끌고 광서까지 쳐들어왔을 때 흑수하의 강변에 살고 있던 살극달은 인근 묘족의 전사 오백을 이끌고 그들을 맞았다.

　장장 한 달에 걸쳐 쫓고 쫓기는 추격전이 펼쳐졌다. 살극달은 전면전을 최대한 피한 채 오직 기습전만으로 일만 마병을 상대했다.

　밤이고 낮이고 시도 때도 없이 나타났다가 독화살을 비 오듯 쏟아붓고는 귀신처럼 사라져 버리는 남만의 전사들 때문에 혼세마왕은 골머리를 앓았다.

뿐만이 아니었다.

일만 마병을 가장 괴롭힌 것은 허공을 부유하다가 목표물이 나타나면 정확히 혈관을 찾아 독침을 꽂는, 가늘기는 거미줄 같고 작기는 솜 부스러기 같은 살아 있는 암기, 바로 모기였다.

살극달은 아주 오래된 늪으로 마병들을 유인했고, 그들은 늪을 완전히 빠져나가기까지 사흘 동안 끝없이 달려드는 모기떼와 그야말로 목숨을 건 사투를 벌여야 했다.

그 과정에서 일천 명이 정체를 알 수 없는 괴질에 걸려 냉탕과 열탕을 오가다가 죽었다.

그런 식으로 살극달은 남만의 기후와 지리를 최대한 이용한 함정과 기습으로 마병들이 한숨도 눈을 붙이지 못하게 괴롭혔다.

마침내 오백여 명 정도만 남았을 때 혼세마왕은 백기를 들고 숲에서 기다렸고, 살극달을 만났다. 그는 살극달에게 서로의 명운을 건 일전을 제안했고, 그 대가로 지는 사람은 자신을 비롯한 수하들의 목숨까지 모두 상대에게 맡기기로 했다.

무려 천여 초를 겨룬 끝에 혼세마왕은 패했고, 수하들과 함께 금제를 당한 채 이곳 귀도성에 갇혔다.

조빙빙은 평생 놀랄 일을 한꺼번에 놀란 것처럼 사지가 굳고 머릿속이 하얗게 탈색되는 것 같았다.

괴인 혼세마왕이 시퍼런 안광을 뿌리며 살극달에게 말했다.

"네놈은 하나도 늙지 않았군."

"그렇게 보인다니 고맙소."

"크크크, 처음 흑수하에서 네놈을 만났을 때 이상하게 낯이 익었지. 그리고 네놈에게 패한 후 이곳 귀도성에 갇혀 있는 동안 모든 심력을 쥐어짜 기억을 더듬었지. 그러다 마침내 기억이 났다. 지금으로부터 오십여 년 전 달단에서 네놈과 똑같이 생긴 놈을 만난 적 있지. 그때나 지금이나 네놈은 하나도 늙지 않았어. 그래서 나는 네놈의 정체를 알게 되었지."

혼세마왕은 살극달을 향해 소름 끼치도록 차가운 안광을 쏘아붙인 후 칼로 자르듯 뚝뚝 끊어지는 음성으로 말을 이었다.

"오래전부터 북방의 유목민들 사이에서는 불가사의한 존재에 대한 전설이 있었지. 방황하는 호수 나포박(羅布泊)을 따라 떠돌던 불사의 일족."

이 무슨 황당무계한 소리란 말인가.

조빙빙은 자신의 귀를 의심하고 또 의심하며 살극달과 혼세마왕을 번갈아 보았다. 아무리 생각해도 꿈을 꾸는 것 같았다. 죽은 혼세마왕이 살아 있는 것만으로도 기절초풍할 일인데 죽지 않는 불사의 일족이 있다니, 그 사람이 살극달이라니.

조빙빙은 그야말로 까무러칠 지경이었다.

하지만 살극달은 전혀 당황하지 않았다.

그는 더 할 말이 있으면 해보라는 듯 무심한 얼굴로 혼세마왕을 노려보고만 있었다. 혼세마왕은 그동안 참았던 걸 한꺼번에 쏟아내기라도 하려는 듯 다시 말을 이었다.

"크크크, 영생을 사는 소감이 어떤가?"

"어떨 것 같소?"

"나라면 아주 엿 같을 것 같아. 일단 한곳에 십 년 이상 머무를 수가 없지. 옆집에 사는 놈이 하나도 늙지 않는다는 걸 보면 다들 요괴라며 무서워할 테니까. 정말 요괴인지도 모르지만 말이야. 크크크. 어디 그뿐인가. 여자를 사랑할 수도, 결혼을 할 수도, 자식을 낳을 수도 없지. 마누라와 자식이 나보다 더 늙어가다가 결국엔 죽는 모습을 지켜봐야 하니까. 크크크. 네놈은 축복받은 존재가 아니라 저주받은 존재야."

"예리한 통찰력이군."

"네놈에 대해 알기 위해 지난 십 년 동안 오직 네놈만 생각했거든. 네놈의 일거수일투족을 떠올림은 물론 네놈이 어떤 생각을 하고 살까 하는 것까지 말이야. 크크크."

"쓸데없는 짓을 했군."

살극달은 여전히 무심한 어조로 말했다.

하지만 조빙빙은 좀 전의 충격도 잊은 채 낯선 기분으로 살극달을 바라보았다. 영원한 삶이 존재할 거라고는 상상조차 해본 적이 없지만, 정말 그것이 가능하다면 하나부터 열까지 모든 것이 보통의 삶과는 다르다는 걸 알게 되었다.

보통 사람들이 누리는 사소한 안락과 행복이 그에게는 고통이 되는 것이다.

"크크크, 애써 아무렇지도 않은 척하지만 속으로는 꽤 놀랐을 거다. 하지만 이 말을 들으면 더욱 놀라게 될 거다. 네놈이 비록 불사의 몸이지만 불살은 아니라는 거지. 네놈 역시 보통 사람처럼 절벽에서 떨어지면 다리가 부러지고 칼에 맞으면 죽을 수도 있다는 거지. 목이 잘렸는데 몸뚱이만 살아서 돌아다니지는 않을 거 아닌가. 크크크."

"그럴지도 모르지.

"그나저나 몇 살이나 먹었지? 백 살? 이백 살? 아니면 삼백 살?"

"칠백 년까지 세다가 잊어버렸지."

"칠… 백… 년. 후우, 어느 정도 예상은 했지만 더럽게도 오래 살았군. 죽고 싶지 않나? 외롭지 않나 말이야."

"칠백 년이란 세월은 아주 긴 시간이지. 언젠가는 십 년 동안 산속에만 박혀 지낸 것 같았어. 하지만 세상으로 나와 보니 겨우 일 년이 지났더군. 칠백 년을 대부분 그렇게 보냈지. 모든 사람에겐 똑같이 흐르는 시간이 내게는 너무나 느리게 흘렀지. 그동안 내가 뭘 했을 것 같소?"

"천하. 나라면 군림천하 하겠다, 이 멍청한 요괴야. 세상 모든 왕이 원하는 게 바로 그거라고. 영생불사의 삶. 보통 사람에겐 저주일지 몰라도 왕에겐 축복이야!"

혼세마왕이 좀 전과는 다르게 침까지 튀겨가며 흥분했다. 반면 살극달은 더욱더 가라앉은 목소리로 말을 했다.

"난 세상을 떠돌았지. 여섯 달이나 해가 지지 않는 동토의 땅에서부터 바다 건너 흑안귀들이 사는 열사의 땅까지. 수없이 많은 이민족을 만나고, 그들의 재주를 배우고, 그들의 무공을 익혔지. 이 머릿속에, 뼛속에, 근육 속에 수천 가지의 술법과 요술과 방술과 무공이 새겨져 있소. 더는 필요가 없었어. 이 모든 것을 합친 것보다 강한 무공은 만나보지 못했고, 이것으로 꺾을 수 없는 자 역시 아직은 만나보지 못했으니까."

꿀꺽!

혼세마왕이 부러워 미칠 듯한 얼굴로 침을 삼켰다.

"그래서 말인데, 나를 경동시킬 생각 마시오."

살극달이 예의 그 착 가라앉은 목소리로 말했다.

조빙빙이 재빨리 뒤를 돌아보았다.

공동과 이어진 동굴 곳곳에서 산발의 괴인들이 흘러나왔다. 애초 일백 정도였던 산발괴인은 어느새 오백여 명으로 늘어났고, 지금도 계속해서 늘어나는 중이었다.

"그럴 수야 없지. 십 년을 하루같이 오늘이 오기만을 기다렸다. 내 어찌 네놈과 같은 하늘을 이고 살 수 있겠느냐!"

"나를 죽일 수는 있고?"

"크크크. 네놈이 이 거추장스러운 물건을 우리의 손목에 채워놓는 순간부터 단 하루도 쉬지 않고 네놈을 죽일 궁리를 했다. 그리고 마침내 이놈을 마음대로 움직이는 내공심법을 만들었지. 이름하여 구유철마진력(九幽鐵馬盡力)이라는 놈이다."

구유(九幽)는 구지(九地)의 땅속에 있는 저승을 말한다. 깊고 깊은 지하 세계에서 창안한 무공이니 과연 그럴듯한 이름이라는 생각이 들었다.

"고생이 많았군."

"네놈은 우리의 손을 묶기 위해 금제를 가했지만 우리는 오히려 그걸 무기로 활용해 더욱 강해졌지. 참으로 역설적인 상황 아닌가? 크크크."

"전혀."

"크크크. 애써 담대한 척하지만 나한텐 통하지 않아. 네놈이 사람이든 요괴이든 뼈와 살로 이루어졌다면 반드시 죽을 터. 기대해도 좋다."

"원하는 게 있을 것 같은데?"

"천만에. 나는 네놈의 목숨 외에는 아무것도 바라는 것이 없다. 내 발아래서 피를 철철 흘려가며 죽어주면 그뿐."

"모두 함께 덤비시오. 대신 내가 천 초를 펼치는 동안 살아 있는 자가 있다면 그게 몇 명이든 모두 금제를 풀어주고 귀도성에서도 꺼내주겠소."

이 한마디에 좌중이 태풍을 맞은 것처럼 술렁였다. 천하가 좁다고 질타하던 희대의 마인들이다. 그런 자들이 햇볕조차 들지 않는 이 깊고 깊은 지하에서 귀신같은 삶을 살았으니 바깥세상을 향한 열망이 오죽하겠는가.

 하지만 혼세마왕의 얼굴은 싸우기도 전에 붉으락푸르락해졌다. 모두 합해 천 초라는 말이 그의 자존심을 건드린 것이다.

 "십 년 전에도 난 혼자서 너와 천여 초를 싸웠다. 내 한 번의 뼈아픈 실수로 인고의 시간을 보냈다만 감히 네놈이 나를 능멸해도 유분수지……!"

 "그땐 내가 칼을 뽑지 않았지."

 "……!"

 "단, 내가 이기면 당신의 식견을 빌려줘야겠소."

 "내가 지면 나를 통째로 주마."

 "혼세마왕의 이름은 무겁겠지?"

 "내가 약속을 어기면 네놈이 내 애비다!"

第十一章
생사대결

혼세마왕의 마지막 한마디에 천장이 쩌렁쩌렁 울렸다. 그 것을 신호로 오백의 산발괴인이 일제히 살극달과 조빙빙을 중심으로 돌기 시작했다.

  압도적인 다수가 소수의 적을 상대할 때 아군의 피해는 최소로 줄이면서 적에 대한 타격은 최대한 끌어올릴 수 있는 전법, 차륜전이다.

  하지만 평범한 차륜전과 달랐다.

  우선 저들의 무공이 하나같이 절정이라는 것이 달랐고, 이백 근에 육박하는 철구에 담긴 파괴력이 달랐다. 다음엔 투로가 달랐다.

전후좌우에서 철구가 날아들고 하늘에서 떨어졌다. 땅속에서도 쇠사슬이 튀어나와 살극달과 조빙빙의 발목을 휘감아갔다.

그것은 마치 천지사방에서 수십 개의 벼락이 한꺼번에 떨어지는 것 같았다.

괴인들이 펼치는 공전절후의 합격술에 조빙빙의 머릿속이 하얘지는 순간, 살극달이 돌연 한 손으로 조빙빙을 번쩍 안아 들었다. 그리고 그 자신은 발목을 감아오는 쇠사슬을 쓸어 잡고 힘차게 잡아당겼다.

뚜두둑!

지축이 뜯기는 듯한 굉음과 함께 하나로 연결된 십여 가닥의 쇠사슬이 한꺼번에 딸려 올라왔다.

살극달은 여전히 한 팔로 조빙빙을 안은 채 미친 듯이 철구를 휘둘러대는 산발괴인 오백 명을 향해 쇠사슬을 뿌렸다.

까강까까까까깡!

불꽃이 작렬할 때마다 대기를 쪼개며 묵직하게 날아들던 철구가 천지사방으로 튕겨 나갔다. 강기를 주입한 쇠사슬은 그 어떤 중병기보다 무겁고 강렬하게 철구를 두들겼다.

철구를 튕겨 보낸 다음에는 산발괴인들의 하박을 쓸었다. 미처 쇠사슬을 피하지 못한 산발괴인들의 다리가 젓가락처럼 뚝뚝 부러졌다.

작렬하는 쇠사슬, 어지럽게 날아다니는 철구, 불꽃, 그리고 무참하게 쓰러지는 산발괴인들로 일대는 지옥도를 방불케 했다.

모두가 같은 모습을 하고 있어도 각각의 무공 수위는 천차만별이었다. 오백의 산발괴인 중 발군의 실력을 지닌 자들이 있었다.

찰나의 순간 산발괴인 하나가 동료를 살극달의 전권 속으로 밀어 넣었다. 쇠사슬이 제물로 바쳐진 괴인의 머리통을 쪼개는 순간, 놈이 허공으로 치솟았다.

양팔을 쫙 벌린 채 덮쳐 오는 놈의 좌우에서 철구 두 개가 맹렬한 속도로 살극달의 머리통을 노려왔다. 철구와 철구 사이에 머리통을 놓고 압폭(壓爆)시킬 작정이었던 것이다.

하지만 괴인의 공격은 성공하지 못했다.

부지불식간에 대기를 가르며 날아든 쇠사슬이 그의 상체를 후려쳤기 때문이다.

퍼엉!

화탄의 폭발처럼 엄청난 굉음이 장내를 뒤흔들었다. 살극달은 이 한 방으로 무서운 속도로 날아들던 산발괴인, 필시 혼세마왕을 수호하는 십 인의 호교사자(護敎使者) 중 한 명으로 짐작되는 그를 십여 장이나 날려 보낸 다음 벽에 발라 버렸다.

"커억!"

벽과 충돌해 바닥에 널브러진 산발괴인은 뒤늦은 신음과

함께 복부가 터져서 내장을 줄줄 흘리고 있었다.

참혹한 광경에 일순 싸움이 멈추며 장내가 싸늘하게 식었다. 그때쯤엔 살극달의 주변에 커다란 공간이 생겼다.

살극달의 맹렬한 반격을 뚫지 못한 산발괴인들이 십여 장 바깥으로 물러나면서 생긴 공간이었다. 그것은 딱 살극달의 손에 들린 쇠사슬의 길이만큼이었다.

그 공간 안엔 부러진 팔다리를 부여잡고 신음하는 산발괴인들로 발 디딜 틈이 없었다. 그들은 두려운 눈으로 살극달을 바라보는 한편 동료들을 향해 안타까운 구원의 시선을 보냈다.

하지만 감히 전권으로 들어서는 자가 없었다. 조금 전 맛본 살극달의 강기 실린 쇠사슬을 보는 순간 목숨을 걸면서까지 다가가 동료를 구하고 싶은 생각이 싹 가셨기 때문이다.

그러면서도 단 한 사람을 어쩌지 못해 이렇게 물러난 상황이 분하다는 듯 씨근댔다.

"데려가라!"

살극달이 말했다.

그제야 산발괴인들이 극도의 조심스러운 동작으로 다가와 쓰러진 자들을 끌고 갔다.

그때까지도 조빙빙은 살극달의 왼팔에 안겨 있었다. 이 순간 조빙빙은 지금까지 가져온 모든 가치관이 송두리째 뽑히는 것 같았다.

그녀는 하늘 밖에 하늘이 있음을 실감했다.

더불어 자신이 얼마나 좁은 곳에서 살았는지, 자하부의 패권을 차지하려는 오성군이 누구를 적으로 돌렸는지 비로소 깨달았다.

그걸 깨닫는 순간 그녀는 창피함을 느꼈다.

그런 것도 모르고 그를 시험하겠다고 자미원에서 검을 뽑았다. 그런 것도 모르고 적들로부터 그를 지켜주겠다고 따라나섰다.

그리고 지금 자하부의 오공녀인 자신이 그 어떤 도움도 되지 못한 채 그의 품에 안겨 보호를 받고 있다. 그녀 자신이 삼류무사라며 무시했던 살극달에게 말이다.

"내려주세요."

조빙빙이 얼음장처럼 차가운 음성으로 말했다. 살극달이 아는지 모르겠지만, 여자란 창피할수록 목소리가 차가워진다. 자기 방어 기제다.

살극달이 조심스럽게 조빙빙을 내려주었다.

"괜찮으시오?"

"오늘 있었던 일 모두 제게 설명해 줘야 할 거예요."

"그렇게 하리다."

살극달은 간단하게 대답을 하고는 혼세마왕을 돌아보았다. 살극달이 간단하고 단호한 목소리로 혼세마왕에게 말했다.

"계속 숨어만 있을 건가?"

"저리 비켜! 밥버러지 같은 놈들!"

혼세마왕이 수하들을 향해 욕설을 씹어 뱉으면서 천천히 몸을 일으켰다. 양손에 매달린 쇠사슬이 철컥거리는 소리를 내면서 막대기처럼 곤두섰다.

그의 쇠사슬은 다른 산발괴인들에 비해서 짧고 굵었다. 기실 그의 쇠사슬이 짧은 것은 키가 작은 탓도 있지만, 그보다는 팔이 긴 탓이었다.

축 늘어뜨린 그의 팔은 허벅지의 절반을 덮고 있었다. 사람의 키가 한 치 차이로 크고 작음이 느껴지는 것처럼 팔의 길이 또한 이와 같다.

보통 사람에 비해 겨우 한 뼘 정도 길었지만, 눈으로 체감하는 길이는 그야말로 엄청나서 마치 원숭이를 보는 듯했다.

하지만 그는 혼세마왕이었다.

때문에 범인이었다면 우스꽝스러웠을 그의 모습은 기괴하고 섬뜩하게 보였다.

그런 분위기 그대로 혼세마왕이 커다란 철구를 끌며 계단을 내려왔다. 철구가 계단 하나를 내려올 때마다 쿵쿵 소리가 묵직한 공기를 뒤흔들었다.

조빙빙은 거대한 지하 공동을 짓누르는 살기에 숨이 턱턱 막혔다. 그 순간, 혼세마왕의 치렁한 머리카락이 사방으로 뻗치고 눈동자에서는 시퍼런 안광이 뿜어져 나와 장내를 휩쓸었다.

"죽어라!"

혼세마왕의 몸이 허공으로 치솟았다.

이 척의 짧은 쇠사슬 끝에 매달린 두 개의 철구가 무시무시한 파공성을 내며 살극달의 머리통을 부숴왔다.

앞선 산발괴인들과는 비교도 할 수 없을 만큼의 파괴력과 속도였다. 철구가 이르기도 전에 곁에 있던 조빙빙에게까지 그 바람이 느껴졌다.

살극달은 연거푸 세 걸음이나 물러나며 벼락처럼 떨어지는 철구를 가까스로 피했다. 철구가 아슬아슬하게 스쳐 가는 순간 살극달의 면전에 진공상태가 만들어졌다.

뒤로 잘끈 틀어 묶었던 살극달의 머리카락이 탁 풀리더니 진공의 공간 속으로 무섭게 빨려 들어갔다.

경시하는 마음이 싹 가신 살극달은 뒤로 젖혔던 허리를 펴는 동시에 쇠사슬을 버리고 박도를 뽑아 들었다. 이어 벼락처럼 돌아서며 혼세마왕의 팔뚝을 베어갔다.

그 순간 살극달의 머리 위에서 철구 하나가 뚝 떨어져 박도를 짓이겼다.

까앙!

철구는 박도를 깔아뭉갠 채로 단단한 청석판 바닥에 반쯤 박혀 버렸다.

"크하하하! 이제 정신이 바짝 드시나?"

혼세마왕이 광소를 터뜨리더니 또 하나의 철구를 아래에서 위로 휘둘러 살극달의 머리를 노렸다.

살극달은 바닥으로 몸을 던지는 동시에 전정교(剪定鉸)의 수법을 발휘, 혼세마왕의 두 다리를 걷어찼다. 애초 부러뜨릴 작정이었던 혼세마왕의 다리는 강철로 만든 듯 꿈쩍도 하지 않았다.

그를 쓰러뜨리는 것으로 만족해야 했던 살극달은 목표물을 잃은 철구가 제멋대로 흔들리는 틈을 타 철구 아래에 깔린 박도를 뺐다. 이어 일도양단의 기세로 혼세마왕의 목을 내려쳤다.

시퍼런 박도가 무섭게 떨어지는 와중에도 혼세마왕은 눈 하나 깜짝하지 않았다. 그는 드러누운 상태에서 철구를 자신의 머리 위로 휘둘러 철구와 연결된 쇠사슬로 살극달의 박도를 감아버렸다. 그 상태 그대로 그는 벼룩처럼 튀어 오르며 살극달을 향해 또 하나의 철구를 휘둘렀다.

금제였던 철구를 오히려 무기로 탈바꿈시켜 버렸다는 혼세마왕의 말은 한 치의 과장도 없었다. 극한의 상황과 뼛속까지 새겨진 원한이 그것을 가능케 한 것이다.

살극달은 좌장을 뻗어 하복부를 강타해 오는 철구를 떨쳐 냈다.

따앙!

고찰의 범종을 때리는 소리와 함께 철구가 벼락처럼 튕겨

나갔다. 날갯죽지가 찢어지는 듯한 고통을 이기지 못한 혼세마왕이 손을 쭉 뻗은 채 대여섯 걸음을 물러나면서 싸움이 일시 중단되었다.

"절치부심했나 보군."

살극달은 '퍽' 소리가 나도록 박도를 청석판 바닥에 꽂으며 말했다. 이어 한쪽 소매를 찢어 그 한쪽 끝을 입으로 물고 너덜너덜 흔들리는 왼 손목을 감기 시작했다.

가공할 속도로 날아드는 철구를 장심으로 때려 튕겨내는 순간 손목이 부러진 것이다. 그것은 철구에 내력이 일절 주입되지 않은 상태에서 가해진 순순하게 물리적인 힘이었다.

"크하하하!"

살극달의 부상을 목격한 혼세마왕이 돌연 광소를 터뜨렸다.

"역시 내 예상이 맞았어. 네놈은 일다경이 가기 전에 내 발 아래에서 피 칠갑이 될 거다. 함께 온 계집은 내가 먼저 맛을 본 다음 수하들에게 던져 주마. 크하하하!"

살극달은 혼세마왕을 노려보면서 계속해서 손목을 감았다. 이백 근에 육박하는 철구 두 개를 동시에 휘두르는 것은 결코 간단한 일이 아니다.

쇠사슬에 매달려 비행을 하는 순간 이백 근이었던 철구의 무게는 원심력에 의해 몇 배로 불어나기 때문이다. 회전의 속도가 빠르면 빠를수록, 그래서 파괴력이 강해지면 강해질수록 그 무게는 늘어날 수밖에 없었다.

그리고 어느 시점이 되면 사람의 몸무게가 그 힘을 견디지 못하게 된다. 천근추의 수법을 펼쳐 몸무게를 수백 근으로 늘린다고 해도 마찬가지다.

설혹 몸무게가 철구의 무게를 견딘다고 한들 팔의 근육이 그것을 견디지 못하고 찢어질 것이다.

그게 자연의 법칙이다.

한데 혼세마왕은 한다.

살극달은 한 인간의 집념이 어디까지 갈 수 있는지, 인간의 잠재능력을 어디까지 끌어낼 수 있는지 뼛속까지 느낄 수 있었다.

그러나 인간의 집념과 잠재능력만으로는 어찌할 수 없는 자연법칙도 분명히 존재한다.

"기다려 줘서 고맙소."

부러진 손목을 모두 고정한 살극달이 박도를 뽑으며 말했다.

"천만에."

혼세마왕도 쇠사슬을 바짝 당겨 철구를 지상에서 띄웠다. 살극달은 혼세마왕을 향해 다가갔다.

첫걸음은 느렸다.

두 번째 걸음은 조금 빨랐다.

세 번째 걸음을 옮기는 순간 살극달의 두 발은 이미 바닥에 붙어 있지 않았다. 질풍처럼 돌진하는 살극달의 머리를 향해 예의 그 첫 번째 철구가 벼락처럼 날아들었다.

나는 듯한 동작으로 혼세마왕의 눈을 속인 살극달은 돌연 철판교의 수법으로 상체를 꺾는 동시에 천근추를 펼쳐 바닥으로 뚝 떨어졌다.

뒤로 벌러덩 누운 살극달의 얼굴 위로 커다란 철구가 육중한 파공성을 내며 스쳐 갔다. 그때쯤 살극달은 혼세마왕의 하박을 파고드는 중이었다.

대경실색한 혼세마왕이 철구 두 개를 이끌며 벼룩처럼 튀어 올랐다. 그 힘을 이기지 못한 철구가 아래로 축 늘어졌다.

살극달의 박도가 철구가 매달린 쇠사슬 하나를 갈랐다.

까캉!

귀청을 찢는 굉음과 함께 혼세마왕의 손목에서 십 년을 매달려 있던 쇠사슬이 뚝 끊어지며 철구가 떨어졌다.

철구 하나만을 매단 채 삼 장 밖으로 떨어지는 혼세마왕의 얼굴이 노래졌다.

지난 십 년 동안 그와 그의 수하들은 손목에 매달린 쇠사슬을 제거하기 위해 수단과 방법을 가리지 않았다.

매몰된 지하도시에서 온갖 종류의 쇠붙이를 찾아 두들겨 보기도 하고 불을 지펴 달궈보기도 했다. 하지만 쇠사슬은 생채기 하나 나지 않았다.

그럴 수밖에 없었다.

쇠사슬은 살극달이 묘족 전사들과 함께 흑수하에서 구해 온 정체불명의 금속으로 만든 것이었다. 무게는 일반 철과 비슷한 반면 질기고 단단하기는 필설로 형용할 수가 없었다.

혼세마왕의 수하들 중에서도 철과 불을 다룰 줄 아는 자가 적지 않았지만, 그들로서는 이걸 어떻게 다뤄야 끊고 녹일 수 있는지 도무지 짐작조차 할 수 없었다. 한데 살극달은 그걸 두부 자르듯 단칼에 잘라 버렸다.

좌중이 쥐 죽은 듯 고요한 가운데 살극달은 하얗게 질려 있는 혼세마왕을 향해 득달같이 달려들었다. 그 모습이 흡사 사람의 목을 가지러 온 염라국의 저승사자 같았다.

대경실색한 혼세마왕은 쇠사슬을 끌어당겨 하나밖에 남지 않은 철구를 휘둘러 갔다. 하지만 그의 움직임은 좀 전과 달랐다.

철구는 제 위력을 발휘하지 못했으며, 혼세마왕은 중심을 잃고 철구를 따라 흔들렸다.

애초 혼세마왕이 철구를 휘두를 때는 한 가지 규칙이 있었다. 그건 혼세마왕뿐만이 아니라 그의 모든 수하에게도 해당되는 것이었는데, 그것은 두 개의 철구를 서로 엇갈린 방향, 즉 힘의 반대방향으로 휘둘러 균형과 중심을 유지하는 것이었다.

살극달은 바로 이것을 간파하고 혼세마왕의 팔에 매달린

철구 하나를 잘라 버림으로써 중심을 무너뜨렸다.

혼세마왕의 약점을 간파한 살극달도 대단했지만, 양쪽으로 날아가려는 철구의 원심력을 견딘 혼세마왕의 근력 또한 입지전적이었다. 혼세마왕이 창안한 구유철마진력은 아마 그것에 중점을 둔 것인 모양이었다.

하지만 무게중심을 잃은 혼세마왕은 오히려 오래전 살극달이 철구로 금제를 가하지 않았을 때보다 약해져 버렸다.

철구가 무기가 아니라 또다시 제약이 되어버린 탓이었다. 그때부터 혼세마왕은 철구 휘두르는 걸 포기했다. 대신 한 손으로는 쇠사슬의 목을 잡아 철구를 들고, 다른 한 손으로는 쇠사슬을 이용해 살극달의 박도를 막아내는 한편 틈틈이 권초를 펼쳐 반격했다.

하지만 공격의 폭은 쇠사슬의 길이인 삼 척 정도에 제한될 수밖에 없었고, 그것으로는 그의 진신무공을 펼치기에는 터무니없이 모자랐다.

혼세마왕은 이제 살극달의 상대가 되질 않았다.

시종일관 그림자처럼 따라붙으며 팔방풍우로 휘두르는 칼질에 혼세마왕의 얼굴은 점점 썩어문드러졌다. 그나마 버티는 건 그가 다른 누구도 아닌 혼세마왕이었기에 가능한 일이었다.

그러나 그것도 오래가진 못했다.

눈부신 공격의 끝에 살극달이 벼락처럼 회전하며 일각을

뿌렸다. 그 발이 그리는 궤적의 연장선에 혼세마왕의 목이 있었다.

퍼억!

푸줏간에 매달린 고기를 때리는 둔탁한 격타음과 함께 혼세마왕의 고개가 도저히 그럴 수 없을 것 같은 각도로 꺾였다. 다음은 일그러진 얼굴, 고목의 쓰러짐, 그리고 장내에 전해진 충격이었다.

거친 숨을 몰아쉬며 대(大) 자로 뻗어 있는 혼세마왕을 보며 좌중은 침묵에 휩싸였다.

살극달은 박도를 들어 산발한 혼세마왕의 수하 하나하나를 가리키며 말했다.

"오랫동안 갇혀 있다 보니 다들 현실 감각이 둔해졌나 본데, 너희를 이곳에 가둔 사람이 바로 나다. 지난날 너희가 저지른 혈겁을 떠올리자면 다 썰어 죽여도 시원치 않다. 그럼에도 살려둔 것은 그땐 나 역시 너무나 많은 사람을 죽였기 때문이다. 하지만 너희가 과거를 잊은 것처럼 십 년이 지나니 나 역시 그때의 나약하고 인간적인 감정이 희석되는 듯하군. 자, 죽고 싶은 자 나서라. 하나씩 저승으로 보내주마!"

귓속을 파고드는 칼날 같은 일갈에 좌중이 얼음물을 뒤집어쓴 것처럼 식었다. 산발의 괴인들은 이러지도 저러지도 못한 채 혼세마왕의 눈치만 살폈다. 하지만 이미 전의를 상실한 채로였다.

싸움이 끝난 것이다.

산발괴인들의 투기를 꺾은 살극달은 다시 혼세마왕을 바라보았다. 그는 이미 자리에서 일어나 계단에 걸터앉아 있었다.

그러곤 우두둑 소리를 내며 고개를 이쪽저쪽으로 몇 차례 꺾더니 멀쩡한 모습이 되었다. 잠깐 사이에 혈색이 돌아온 것은 물론이거니와 어긋난 목뼈까지 모두 맞춰 버린 것이다.

혼세마왕의 목뼈를 부러뜨렸다고 생각한 살극달은 아연실색해질 수밖에 없었다.

"미치겠군."

살극달이 박도를 아래로 늘어뜨린 채 혼세마왕에게 성큼성큼 다가갔다. 살극달이 박도를 치켜들어 목을 치려는 순간, 혼세마왕이 왼손을 황급히 내저었다.

"졌다, 졌어!"

살극달이 반쯤 치켜들었던 박도를 다시 아래로 내렸다. 혼세마왕은 피가 섞인 가래침을 바닥에 퉤 뱉더니 땅이 꺼져라 한숨을 쉬었다.

"제기랄, 십 년 동안 갈고닦았는데 단 오십 초를 견디지 못하다니."

그러고 난 후에도 혼세마왕은 연거푸 한숨을 쉬다가 불현듯 고개를 들고 물었다.

"그래서 원하는 게 뭐냐?"

"어느 무학의 유파를 찾고 있소."

"무학의 유파?"

"낙뢰흔이 나타났소."

"혼원벽력검……!"

살극달은 칠백 년을 살았지만, 무림의 온갖 기인이사와 괴공 절학들은 그 장구한 세월로도 모두 알 수 없을 만큼 방대했다. 특히 마도의 세계가 그러한데 그건 마인들 특유의 폐쇄성과 은밀함 때문이었다.

하지만 혼세마왕의 경우 겨우 칠십여 년을 살았지만, 평생을 마도에 몸담은 마교의 교주다. 마교가 제아무리 많은 지류와 가지를 뻗었다 한들 그 무맥의 일부라도 익힌 사람이라면 어느 시대, 어느 기인에게서 꽃을 피운 마도의 무학 하나쯤 더듬는 것은 큰 무리가 아닐 것이다. 살극달이 혼세마왕을 찾아온 건 바로 그것 때문이었다.

혼세마왕은 과연 살극달을 실망시키지 않았다.

낙뢰흔을 말하는 순간 단번에 혼원벽력검의 검흔이라는 걸 알아맞히는 것만 봐도 알 수 있었다.

"혼원벽력검은 오래전 수라마군이 죽음으로써 실전되었다고 알고 있소. 그게 어떻게 다시 세상에 나올 수 있는지 짐작가는 바가 있소?"

살극달이 물었다.

혼세마왕은 즉답을 피한 채 눈을 감고 장고에 잠겼다. 살극달은 혼세마왕이 과거의 기억을 더듬어갈 수 있도록 기다려 주었다.

시간은 그리 오래 걸리지 않았다.

"처음 그 무공이 나타난 것은 백여 년 전이지. 그런 괴물은 고금을 통틀어 다시없을 거야. 물론 네놈과는 다른 의미로 말이야."

백여 년 전 한 사내가 혜성처럼 나타났다.

그는 저 멀리 남해의 해남도(海南島)에서 대륙의 끝 천산(天山)에 이르기까지 심산유곡에 숨어 있는 마도의 절대강자들을 찾아다니며 비무행을 했다.

장장 십 년 동안이나.

마침내 천산의 괴수이자 일백 번째 마두였던 백골시마(白骨屍魔)를 꺾었을 때는 그를 따르는 마인이 일천이 넘었다. 그는 그들을 이끌고 광활한 곤륜산맥 어느 깊은 골에 안거, 자신의 무학을 정립하고 천하를 관장하는 일백의 율법을 공표했다.

백백교(魄魄敎)의 탄생이었다.

"하지만 영화는 오래가지 않았지. 그가 대륙을 가로지르면서 보여준 극강의 신위를 본 중원무림의 일백 문파는 천하의 마인들이 하나로 뭉칠 것을 염려한 나머지 무려 오천의 고수를 이끌고 백백궁을 기습, 수라마군을 따르던 일천의 마인을 몰살했지. 천하를 관장하던 일백의 율법은 허공으로 흩어지고 그가 일백의 마두와 비무행을 하면서 획득한 열 개의 마병 또한 뒤를 따라 사라졌지."

여기까지 말을 하던 혼세마왕은 갑자기 왼쪽으로 손을 쭉 뻗었다. 그러자 멀지 않은 곳에 있던 술 호리병 하나가 허공을 날아 그의 손으로 빨려 들어갔다.

격공섭물(隔空攝物)의 신기였다.

꿈에서도 보기 어려운 신기가 어린아이 장난처럼 펼쳐지고, 또 그것을 당연하게 생각하는 장내의 분위기에 조빙빙은 기가 질렸다.

혼세마왕이 호리병을 꺾어 술을 벌컥벌컥 마시는 동안 살극달이 물었다.

"수라마군이 죽었다는 말은 하지 않는군."

"예리한 놈. 재수없는 놈."

혼세마왕이 호리병을 주둥이에 댄 채로 살극달을 꼬나보며 말했다. 그는 기어이 두어 모금을 더 마신 후에야 살극달의 의문을 풀어주었다.

"당연하지. 그는 죽지 않았으니까."

"죽지 않아?"

"죽지 않았을 뿐만 아니라 중원무림을 향해 저주를 퍼부었다. '나는 죽지 않는다. 반드시 돌아와 오늘의 혈채를 받아낼 것이다'라고. 하지만 그는 나타나지 않았고 백 년이 흘렀지."

혼세마왕은 직접 본 것처럼 수라마군의 목소리를 잘도 흉내 냈다. 이어 호리병을 둥글게 흔들어 바닥에 남은 마지막 한 모금을 확인하고는 알뜰하게 마셨다. 그러고는 호리병을 거칠게 내던지며 말을 이었다.

"그때 수라마군이 죽지 않았으니 혼원벽력검이 누군가에게 전해졌다는 건 당연하지 않나?"

"난 분명 죽은 걸로 들었는데?"

"그래서 네놈이 날 못 당하는 거야."

말을 해놓고 뭔가 좀 민망했던지 혼세마왕은 얼른 한마디를 덧붙였다.

"식견에 관한 한."

살극달은 묵묵히 고개를 끄덕였다.

수라마군이 죽지 않았다면 혼원벽력검이 누구에게든 전해졌을 가능성은 충분했다. 아니, 분명 그랬을 것이다. 혼원벽력검이 현세에 다시 나타나지 않았는가.

"한데 당신은 그때 태어나지도 않았잖소?"

"그런 건 중요하지 않아. 내 말이 얼마만큼의 신빙성이 있느냐는 것이 중요하지."

"백백교는 어떤 종파였소?"

"사이하고, 음침하고, 괴이했지."

"마교가 다 그렇지 않소?"

"기본적으로는 그렇지."

혼세마왕은 얼떨결에 대답해 놓고는 뭐가 마음에 안 드는지 쌍심지를 켜고 말을 이었다.

"정도 문파 놈들이라고 죄다 오른쪽으로만 가더냐. 내 보기엔 왼쪽으로도 가는 놈도 있고 오른쪽으로 가는 놈도 있더라. 열에 아홉은 오른쪽으로도 갔다가 왼쪽으로도 가고. 마교도 그렇다. 어찌어찌하여 온갖 잡교까지 몽땅 뭉뚱그려 마교라고 통칭을 한다만 이 시대에 진정한 마교는 우리 혼세신교(混世神敎)밖에 없다."

혼세마왕은 그래서 나쁜 무리라는 건지 마교로 불리지만 알고 보면 신심 깊은 단체라는 건지 알 수 없는 말로 횡설수설했다.

"곁돌지만 말고 도움이 되는 얘기를 해보시오."

"앞의 것을 얘기해야 뒷얘기를 알아들을 수 있으니까 그렇잖아. 엄격히 말해 혼원벽력검은 수라마군의 무공이 아니라고."

"수라마군의 무공이 아니었다고?"

"수라마군의 휘하에는 십 인의 마왕이 있었지. 달리 십마왕(十魔王)이라고도 하는데, 석년에 비무행을 할 당시 수라마군에게 패한 후 스스로 종복이 되기를 자처한 대마두들이었지. 그중 하나가 혼원벽력검을 익혔는데 십마왕 역시 죽었으니 혼원벽력검 역시 소실되었어야 맞지만, 세상일이라는 게 어디 그렇게 딱딱 맞아떨어지느냐는 말이지."

"부탁인데, 알아듣게 설명을 해보시오. 아깐 수라마군이 살았으니 혼원벽력검이 누군가에게 전해졌을 거라더니, 이젠 또 십마왕이 죽었으니 소실되었어야 마땅하다는 말은 또 무엇이오?"

"나도 모르는 걸 어떻게 설명해!"

"......!"

살극달은 어안이 벙벙했다.

뭔가 좀 이상했다.

그가 아는 바 혼세마왕은 저렇게 경박한 사람이 아니다. 중원무림인들이 치를 떨 만큼 잔인하고 차가운 사람이었다. 하지만 지금은 어쩐지 성질만 괴팍한 괴노인이 되어버린 것 같았다.

'미쳤나?'

정상인을 일 푼이라고 치고 미친 사람을 십 푼이라고 치자. 하지만 모두가 똑같이 십 푼의 무게로 미치는 건 아니다. 육 푼쯤 미치는 사람도 있고 칠 푼쯤 미치는 사람도 있다.

혼세마왕은 삼 푼쯤 미친 것 같았다.

하긴 제아무리 강철 같은 정신력의 소유자라도 이런 곳에서 십 년 동안 이를 갈며 살면 정신이 오락가락할 법도 했다.

"어쨌든 그게 전부요?"

"그렇다."

그 먼 길을 와서 손목까지 부러져 가며 한바탕 난리를 치렀더니 고작 수라마군 휘하에 있는 십마왕의 무공이었다고?

살극달은 맥이 탁 풀리는 것 같았다.

하지만 이대로 물러날 수는 없었다.

"혼원벽력검은 어떤 무공이오?"

"무시무시한 검공이지. 종잇장처럼 얇고 바늘처럼 뾰족한 한 자루 연검(軟劍)을 사용하는데, 그런 검으로 어떻게 낙뢰혼을 만들 수 있는지 신비할 따름이지. 육성에 이르면 천년거암을 자르고 구성에 이르면 한 번의 칼질로 범선을 두 동강 낸다고 하더군."

"연검? 굳이 연검을 사용해야 하오?"

"굳이 연검이 아니라 사왕검(蛇王劍)이라는 기물이 따로 있어. 오로지 그 사왕검을 손에 들어야만 육성의 벽을 넘어 구성에 이를 수 있지. 마도십병(魔道十兵) 중 하나지."

"마도십병?"

"내 말을 뭐로 들은 거야. 석년에 수라마군이 대륙을 가로지르며 비무행을 할 당시 그 자신의 손으로 죽인 마두들에게서 열 개의 마병을 가져갔다고 했잖아. 하지만 손에 넣는다고 해서 아무나 다룰 수 있는 게 아니야. 사람의 타고난 습성 중에 후천적인 노력으로 바꾸는 데 한계가 있는 것들이 있는데 그중의 하나가 바로 왼손잡이지. 어떤 원리로 그러는지 모르지만 사왕검은 오직 왼손잡이만이 손에 쥘 수 있어."

"놈도 좌수검이었지."

살극달이 말했다.

앞서 황포선의 선주 황충은 하원일을 죽인 자가 좌수검이라고 했다. 즉, 좌수검이었던 자가 사왕검을 들고 혼원벽력검을 펼친 것이다.

"그럼 사왕검이 다시 나타난 셈이군."

"천만의 말씀. 사왕검이 다시 나타났으면 혼원벽력검의 나머지 반쪽도 찾았다는 소린데, 그랬다면 낙뢰혼 정도로 끝나지 않았을걸. 제아무리 강기공을 깊게 수련한 자라도 몸이 대쪽처럼 두 동강 나고 말지. 칼이 지나간 자리에 시커멓게 그을린 흔적만 남기고 말이야."

"혼원벽력검의 나머지 반쪽이 무슨 말이오?"

"내가 말을 안 했었나? 혼원벽력검은 음공(陰功)과 양공(陽功)으로 나뉘어. 마치 밤하늘이라는 음(陰)에서 벼락이라는 양(陽)이 탄생하는 것처럼. 즉, 음공은 내공심법이고 양공은 검공이야. 그리고 내공심법이 사왕검에 새겨져 있다더군. 무슨 사연인지 모르지만 혼원벽력검을 익히는 사람은 누구든 사왕검을 손에 넣기 전까진 검공을 완성할 수가 없다고 그랬어. 그게 구결을 전할 때 반쪽만 전한다는 소린지, 아니면 혼원벽력검에 어떤 공능이 있어 그것을 손에 쥐어야만 내공심법을 익힐 수 있다는 건지 당최 무슨 소린지 알 수 없지만 내가 들은 얘기는 그랬어."

혼세마왕의 말이야말로 무슨 말인지 당최 알아들을 수가 없었다. 그러다 살극달은 뭔가 이상한 느낌이 들어 물었다.

"사왕검의 행방을 아시오?"

"마도십병은 백백교가 중원무림인들의 협공을 받던 날 귀신같이 사라졌지. 후일 밝혀진 일이지만 백백교의 패잔병들이 하나씩 들고 천하 각지로 흩어졌다고 하더군."

"만에 하나 누군가 사왕검을 손에 넣었다면 거기에 적힌 내공심법을 익혔을 수도 있겠구려."

"사왕검은 기물이야. 멍청하게시리 검신에다 심결을 적어놓진 않았을 테고, 분명 어딘가에 숨겨져 있을 테지. 하지만 그걸 찾았다면 바보가 아닌 다음에야 익혔겠지."

"혼원벽력검의 내공심법을 익혔을 경우 나타나는 특징에 대해 아는 대로 말해보시오."

살극달의 목소리가 다급해졌다.

"내가 그걸 무슨 수로 알아?"

"특징이나 발현 현상 뭐 그런 거. 뭐든 아무 거라도 좋소."

"다른 건 모르겠고, 혼원벽력검의 내공심결만 익히면 눈알이 뒤집어진다더군. 부모형제도 몰라보고 오직 평소에 품고 있던 한 가지 욕망에 사로잡혀 철저한 마인이 되어가는 거지. 이는 양공인 검공의 도움 없이 음공만 익히기 때문이지. 혼원벽력검은 음양의 조화를 바탕으로 해야지만……."

"그런 거 말고!"

"대체 몇 번을 말해야 하는 거야. 앞 얘기를 들어야 뒷얘기를 들을 수 있다니까! 혼원벽력검의 음공을 익히면 수련 과정에서 반드시 심마를 만나게 되는데 완전하진 않지만 그걸 방지할 수 있는 유일한 방법이 주기적으로 피를 뽑는 거야. 한 달에 한 번씩 양기가 가장 충만한 날……."

"혼원무상신공(混元無上神功)!"

조빙빙의 일성으로 혼세마왕의 말이 끊어졌다.

살극달은 천천히 조빙빙을 돌아보았다.

그녀는 귀신에 홀린 듯 하얗게 질린 얼굴로 얼어붙어 있었다. 살극달이 천천히, 그러나 묵직한 음성으로 물었다.

"내 짐작이 틀리지 않다면 그건 뇌정신군이 생전에 익혔던 자하부의 비전 내공심법이오. 그렇지 않소?"

조빙빙은 말문이 막힌 듯 고개만 끄덕였다.

살극달이 재우쳐 물었다.

"뇌정신군은 그 내공심법을 어느 누구에게도 가르쳐 주지 않고 오직 딸인 독고설란에게만 전수해 주었소. 그건 자하부의 적통만이 익힐 수 있기에. 맞소?"

"사저는 어렸을 때부터 혼원무상신공을 익혔죠. 한 달에 한 번 사부가 보는 앞에서 손목을 그어 피를 뽑았어요. 그래서 언제나 혈색이 창백했죠."

살극달은 돌아가는 상황을 한 줄에 꿰었다.

젊은 시절 뇌정신군은 강호를 주유하다 어떤 경로로 사왕검을 손에 넣었다. 그리고 사왕검에 새겨진 내공심결을 익혔다.

사왕검의 내공심결은 그때까지도 무명에 불과했던 뇌정신군을 단숨에 절정의 반열에 올려놓았고 그것이 원류가 되어 종래에는 자하부까지 탄생시켰다.

겨우 반쪽짜리 혼원벽력검으로도 일성의 패자가 된 것이다. 그리고 지금 좌수검에 혼원벽력검의 양공을 익힌 자가 나머지 반쪽인 음공을 찾고 있다.

그는 뇌정신군을 죽이고, 혈귀대주를 죽이고, 사왕검의 행방을 아는 유일한 인물인 독고설란을 노리고 있다.

"자하부를 노리는 게 아니야."

살극달이 조용히 혼잣말을 했다.

조빙빙 역시 같은 생각을 했다.

자하부의 패권을 노리는 쟁탈전의 배후에 뭔가 거대한 음모가 도사리고 있는 것이다.

그때 혼세마왕이 물었다.

"이제 용건이 모두 끝났나?"

"수고했소."

살극달이 말과 함께 걸음을 옮기려는 순간,

"그냥 가?"

"더 할 말이 남았소?"

혼세마왕은 무언가 말을 하려다 말고 아직도 어정쩡하게 서 있는 좌중의 수하들을 돌아보며 버럭 소리를 질렀다.

"개떼같이 모여 있지 말고 다들 꺼져 버려!"

혼세마왕의 수하들이 철구를 끌고 하나둘씩 동굴 속으로 사라졌다. 혼세마왕은 마지막 한 명까지 모두 사라진 걸 확인한 후에도 한차례 주변을 두리번거리고는 살극달에게 말했다.

"한 번만 말할 테니 잘 들어."

혼세마왕이 들릴 듯 말 듯한 소리로 말을 이었다.

"이제부터 난 네 것이다."

"……?"

"이제부터 네놈이 내 주인이라고."

"무슨 말이오?"

"아까 약속했잖아. 싸움에서 지면 혼세마왕을 통째로 주겠다고."

"그게 그 말이었소?"

"알아들었으면서 능청은."

"아니, 정말 몰랐소. 그리고 난 노복 따윈 필요없소."

"난 혼세마왕이다. 천하의 혼세마왕을 약속도 지키지 않는 소인배로 만들 셈이냐. 내 비록 네놈에게 그야말로 아슬아슬하게 패해 이런 수모를 겪고 있다만 한 입으로 두말하는 호래

자식은 아니다."

"내가 됐다잖소."

"난 뭐 네놈의 종이 되는 게 좋아서 이러는 줄 알아. 자꾸 같은 말 반복하게 만들어 모욕을 주지 말고, 종으로 거두든지 아니면 이 자리에서 날 쳐 죽여라."

혼세마왕은 단단히 결심을 한 듯 비장한 태도로 눈을 감았다. 그 와중에도 자존심이 상해죽겠다는 기색이 역력했다.

살극달은 고개를 갸우뚱하고는 물었다.

"혹시 바깥으로 나가고 싶어서 그러시오?"

"무, 무어라? 아무리 주인이라고 해도 그렇지 감히 나를 능멸해? 내가, 천하의 이 혼세마왕이 바깥으로 나가고 싶어서 종복이 되기를 자처한단 말이냐!"

혼세마왕이 침까지 튀겨가며 전에 없이 흥분했다. 살극달은 기묘한 표정으로 혼세마왕을 바라보다가 말했다.

"바깥세상으로 나가면 당신을 알아보는 사람이 있을 것이고, 그럼 당신은 무림의 공적이 되어 수많은 무림인의 협공을 받아 죽은 다음 들개의 밥으로 뿌려질 것이오. 그래도 좋단 말이오?"

살극달이 거기까지 말을 했을 때 혼세마왕이 갑자기 뒤돌아서더니 자신의 얼굴을 주물럭거렸다. 우두둑 소리를 시작으로 정체를 알 수 없는 온갖 괴상한 소리가 한참이나 들린 후 혼세마왕이 고개를 돌렸다.

살극달과 조빙빙은 입이 떡 벌어졌다.

사나운 인상의 혼세마왕은 온데간데없고 강퍅한 인상의 쭈글탱이 노인이 그 자리에 있었던 것이다.

"재주가 많군."

"마공의 세계는 광활하지."

"역용술도 마공이오?"

"그런 잡술 따위와 비교하지 마라. 이건 단순한 역용술이 아니야."

이렇게까지 말하니 살극달도 더는 버틸 재간이 없었다. 한편으로는 그의 식견이 필요할 때가 있을지 모른다는 생각도 들었다.

살극달이 이윽고 결심을 한 듯 말했다.

"좋아. 허락하지. 단, 조건이 있소."

"일단 들어는 주지."

"……."

살극달이 무서운 눈으로 혼세마왕을 노려보았다.

혼세마왕이 귀찮다는 듯한 손을 휘휘 내저으며 말했다.

"알았으니까 말이나 해."

"첫째, 내 명령에 무조건 복종할 것. 둘째, 내 시야에서 벗어나지 말 것. 셋째, 먹고 자는 건 당신이 알아서 할 것."

"영락없는 종놈이군."

"싫으면 안 해도 되오."

"좋은 뭐 투덜대지도 못하냐?"

"그리고 공손하게 구시오, 나이도 어린 게."

살극달이 말끝에 입술을 가늘게 비틀었다. 그래도 액면이 늙은이라 자신은 반공대일망정 꼬박꼬박 공대를 하는데 혼세마왕은 끝까지 하대를 하는 것에 대한 경고였다.

"오래 묵은 게 무슨 대수냐? 네놈이 칠백 년을 살았다면 난 천 년을 윤회했다."

"호칭도 고치시오. 주인을 네놈이라고 부르는 종이 어딨소?"

"그럼 어쩌라고?"

"앞으론 꼬박꼬박 주인이라는 말을 붙이도록."

"알았다, 주인 놈아."

"주인을 놈이라 부르는 종이 어딨소?"

"싸가지없는 종은 그럴 수도 있지. 왜, 없을 것 같으냐?"

살극달은 한순간 저 주둥이를 찢어놓고 싶다는 생각이 번개처럼 들었다. 하지만 이미 종복으로 거두기로 결심한 터에 사소한 걸로 트집을 잡기도 뭣했다.

어쨌거나 액면으로 보자면 혼세마왕이 자신의 아버지뻘이 아닌가. 게다가 평생을 남의 위에서 군림하며 살아온 노강호의 습관을 고친다는 것도 어불성설이었다.

이렇게 해서 살극달은 혼세마왕을 혹처럼 달게 됐다. 하지만 한 가지 문제가 더 있었다.

귀도성을 떠나기 직전 혼세마왕이 철구 하나로는 죽도 밥도 안 된다며 살극달이 잘라 버린 철구를 쇠사슬에 붙여 달라고 생떼를 쓴 것이다.

"이걸 양쪽에 들어야지 무게중심이 딱 맞는다고. 한쪽으로만 들면 아무것도 할 수가 없는데다 어깨에도 안 좋아. 종복의 몸은 주인이 챙겨야지. 그것도 재산인데. 안 그래?"

살극달은 지금은 안 된다고, 자꾸 그러면 종복이고 뭐고 다 필요없으니 여기서 죽을 때까지 썩으라고 으름장을 놓았다.

그러자 혼세마왕은 크게 선심을 쓴다는 듯 그럼 떨어진 철구를 등에 짊어지고 가겠다고 우겼다. 이어 살극달의 박도에 스쳐 한쪽만 터져 나간, 고리처럼 생긴 쇠사슬의 한 조각을 가져와 이렇게 말했다.

"평소엔 철구 하나를 들고 다니겠다. 대신 싸울 땐 이걸로 쇠사슬과 철구를 연결해 쓰겠다. 그건 괜찮지?"

혼세마왕이 이토록 철구와 쇠사슬에 집착하는 것은 그 금속이 워낙 괴이해 대용을 구할 수 없기 때문이었다.

살극달은 대신 그 고리를 자신이 지니겠다고 했다. 그렇게 되면 평소엔 한쪽 철구만 달고 다닐 수밖에 없고, 그러면 혼세마왕도 전성기 때의 오 할 정도밖에 진신무공을 끌어올릴 수 없었다.

그만 하면 금제로서의 위력도 충분했다.

혼세마왕은 '더럽다, 더러워'를 연발하면서도 결국엔 수하를 불러 가죽주머니를 가져오게 하더니 떨어진 철구를 넣어 등에 짊어졌다.

이렇게 해서 두 명이었던 일행은 세 명으로 불어났다. 귀도성을 빠져나가는 배 위에서 조빙빙이 물었다.

"왜 날 이곳으로 데려온 거죠? 나를 떼놓으려면 충분히 그럴 수 있었을 텐데."

"결과적으로 오공녀가 없었다면 오성군의 배후에 또 다른 배후가 있다는 걸 몰랐을 것이오."

"처음부터 그걸 예상했었단 말인가요?"

"뭔가 이상하다는 생각은 했소. 뇌정신군의 죽음도 그렇고 모든 게 너무 급작스럽고 부자연스러웠거든. 해서 또 다른 음모가 있을지도 모른다는 생각이 들었고, 자하부의 사정을 잘 아는 사람이 필요했소."

"그게 전부인가요?"

살극달은 잠시 사이를 두었다가 대답했다.

"한 명쯤 나를 아는 사람이 있어도 좋겠다는 생각을 했소."

"당신… 진짜 노룡이죠?"

살극달은 대답하지 않았다.

조빙빙 역시 이미 짐작하고 있었던 일인 듯 침착했다. 하지만 눈까풀은 태풍을 만난 문풍지처럼 떨리고 있었다.

그녀가 물었다.

"이곳에서 내가 보고 겪은 일들을 얘기하면 사람들이 믿어 줄까요?"

"어떨 것 같소?"

"아마 미쳤다고 할 거예요."

살극달은 가볍게 웃었다.

협곡의 꼭대기 좁은 틈으로 어느새 달빛이 스며들고 있었다.

『비룡잠호(秘龍潛虎)』 3권에 계속…

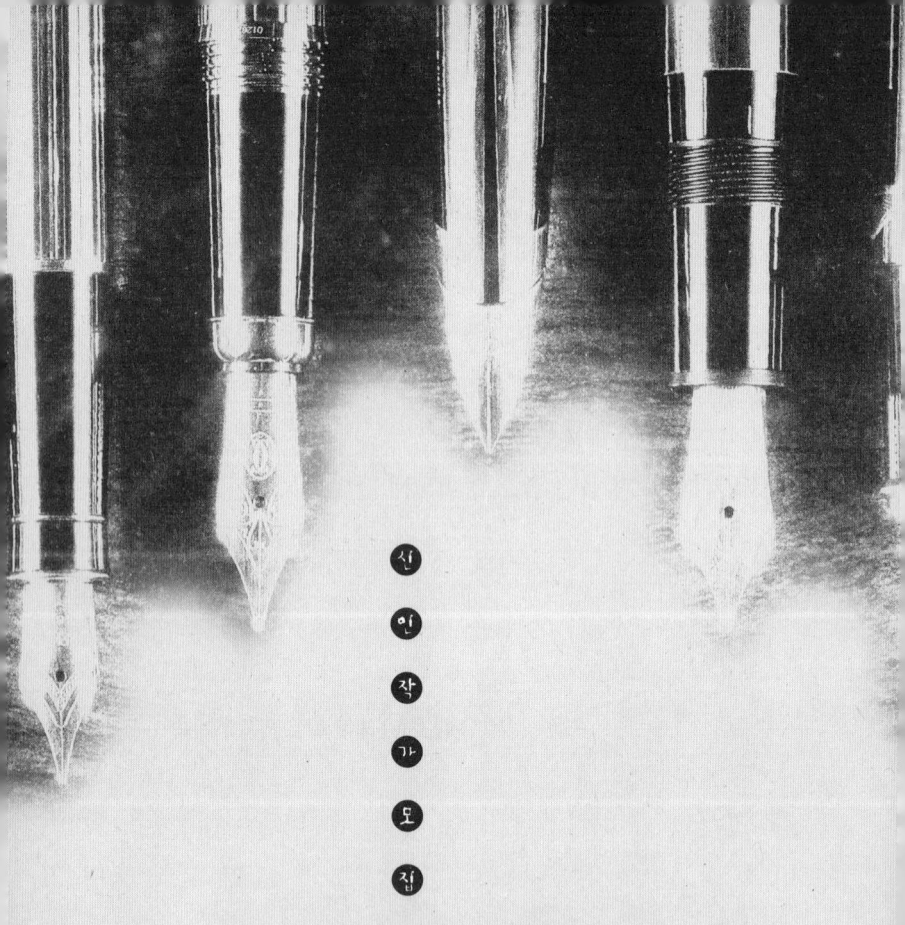

신인작가모집

**시작이 반이라고 했습니다.
작가의 길에 대한 보이지 않는 벽을 과감히 깨뜨리십시오!
청어람은 작가 지망생 여러분들의
멋진 방향타가 되어드리겠습니다.**

저희 도서출판 청어람에서는
소설 신인 작가분들을 모집합니다.
판타지와 무협을 사랑하시는 분들의 많은 참여를 바랍니다.
소정의 원고(A4용지 150매)를 메일이나 우편으로 보내주시면
검토 후 출판 여부를 알려드리겠습니다.

주소:경기도 부천시 원미구 심곡2동 163-2 서경B/D 2F 우편번호 420-822
TEL:032-656-4452 · **FAX**:032-656-4453
http://**www.chungeoram.com**
e-mail:chungeoram@chungeoram.com

十變化身
십변화신

조종호 新무협 판타지 소설

"너는 죽는다."
"……!"

뇌서중은 자신도 모르게 번쩍 고개를 치켜들어 뇌력군을 올려다봤다.
"다시 말해주랴? 난호가 망혼곡에 들어가면 네놈은 반드시 죽는다."

비밀에 싸인 중원 최고의 살수문파 망혼곡(忘魂谷).
그곳에서 십 년 만에 돌아온 화사평은 기억을 지우고
평화로운 삶을 꿈꾸지만,
주위엔 가문을 위협하는 자들이 존재하고 있었으니…….

그의 손엔 망혼곡 삼대기문병기
용편검(龍鞭劍), 명혼기수(冥魂起手), 엽섬비(葉閃匕).
얼굴엔 서로 다른 열 개의 괴이한 가면.

망혼곡주 십변화신! 그가 일으키는 폭풍의 무림행!

Book Publishing CHUNGEORAM

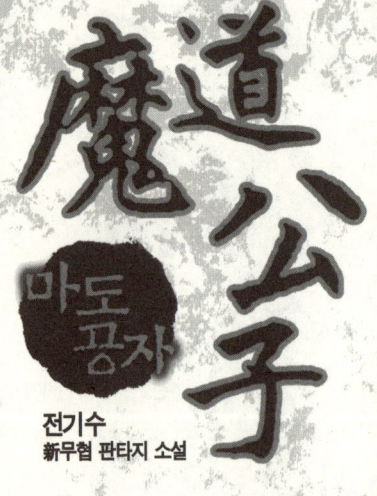

Book Publishing CHUNGEORAM

魔道公子

전기수
新무협 판타지 소설

2011년 새해 청어람이 자신있게 추천하는 신무협!

봉마곡에 갇힌 세 마두. 검마, 마의, 독마군.
몇십 년 동안 으르렁대며 살던 그들에게 눈 오는 아침, 하늘은 한 아이를 내려준다.

육아에는 무식한 세 마두에 의해
백호의 젖을 빨고 온갖 기를 주입당하면서 무럭무럭 성장한 마설천!

세 마두의 손에서 자란 한 아이로 인해 이변이 일어나고,
파란이 생기고, 이윽고 강호에 새로운 바람이 불어온다!

마도를 뛰어넘어 천하를 호령할
마설천의 유쾌한 무림 소요기!

유행이 아닌 자유추구 -
WWW.chungeoram.com

Book Publishing CHUNGEORAM

용호객잔
龍虎客棧

설경구 新무협 판타지 소설

낙양 변두리에 위치한 허름한 용호객잔.
폐업 직전까지 몰렸던 용호객잔에 복덩이,
천유강이 저절로 굴러 들어왔다.
그런데… 이 객잔 좀 수상하다?

독문병기는 낡은 주판, 중원상왕을 꿈꾸는 객잔주인, 용사등.
독문병기는 마른 걸레, 끔찍이 못생긴 점소이, 용괄.
독문병기는 식칼, 긴 독수공방 끝에 요리와 혼인한 숙수, 장유걸.
독문병기는 이 빠진 도끼, 사연 많은 남장여인, 문우령.
독문병기는 얼굴, 기억을 잃어버린 절세미남 신입 점소이, 천유강.

"중원의 상왕이 되리라!"

현실감각이라고는 찾아보기 힘든
용사등의 허황된 선언이 천하를 혼란에 빠뜨린다.
바람 잘 날 없는 용호객잔의 평범한(?) 일상에
중원의 이목이 집중된다.

Book Publishing CHUNGEORAM
WWW.chungeoram.com

GOD BREAKER
Unterbaum
운터바움
신들의 파괴자

이상혁 판타지 장편 소설

나를 제거할 자, 그를 다스리는 한 권의 책.
찾아 낼으라, 그리하지 않으면 나는 불타리.

세계의 근거, 그 자체인 거대한 나무, 바움.
그 아래에서 살아가는 생명들의 세상, 운터바움.
윈델은 신탁에 따라 바움을 파괴할 책을 찾아 떠나고
맨 처음 그의 손이 책에 닿는 순간 운명이 격변한다.

십 년을 모신 주인이자 친구, 세베리아를 비롯
세상 모든 것이 자신의 존재를 잊어버린 상황에서
윈델은 존재의 증명을 위하여 운명과 싸우기 시작한다!

나무의 파괴자 '엠베르크' 란 무엇인가?
모두가 잊어버린 '나' 는 대체 누구인가?

「데로드 앤드 데블랑」,「카르마 마스터」의 뒤를 잇는
이상혁 작가의 정통 판타지 대작!

「운터바움-신들의 파괴자」!

Book Publishing CHUNGEORAM
유행이 아닌 자유추구 -
WWW.chungeoram.com

守護武士
수호무사

각사 新무협 판타지 소설

소년은 오직 소녀를 위하여 검을 들었다
가슴에 담긴 지키고자 하는 뜨거운 열망.

"이제는 지킬 것이다."

단 하나 남은 소중한 인연, 무유화를 지키려
악의에 휩싸인 무림을 수호하기 위하여
윤, 세상에 서다!

그의 용혈검이 떨치는 무상류와 구천류가
모든 악을 쓸어내리라!

**지키는 자!
수호무사 윤, 그를 기억하라.**

Book Publishing CHUNGEORAM
WWW.chungeoram.com